FOLIO POLICIER

René Frégni

Lettre à mes tueurs

Denoël

Né le 8 juillet 1947 à Marseille, René Frégni a déserté l'armée après de brèves études et vécu pendant cinq ans à l'étranger sous une fausse identité. De retour en France, il a travaillé durant sept ans comme infirmier dans un hôpital psychiatrique avant de faire du café-théâtre et d'exercer divers métiers pour survivre et écrire. Animer des ateliers d'écriture dans les prisons d'Aix-en-Provence et de Marseille, aux Baumettes, l'a fait côtoyer le monde de la pègre et des voyous qu'il connaît bien. *Lettre à mes tueurs* s'inspire pour partie de cette proximité avec un milieu, notamment marseillais, toujours porteur d'histoires, de phantasmes, de romances idéalisées, de noirceur et de personnalités hors des normes. René Frégni a reçu en 1989 le prix Populiste pour son roman *Les chemins noirs*, en 1992, le prix spécial du jury du Levant et le prix Cino del Duca pour *Les nuits d'Alice*, en 1998, le prix Paul Léautaud pour *Elle danse dans le noir* et le prix Antigone en 2001 pour *On ne s'endort jamais seul*.

Pour Marilou, Sophie, Nicole,
Simone, Robert, Lucienne et Lili

C'était le même soleil que le jour où j'avais enterré maman et, comme alors, le front surtout me faisait mal et toutes ces veines battaient ensemble sous la peau. À cause de cette brûlure que je ne pouvais plus supporter j'ai fait un mouvement en avant. Je savais que c'était stupide, que je ne me débarrasserais pas du soleil en me déplaçant d'un pas. Mais j'ai fait un pas, un seul pas en avant.

ALBERT CAMUS, *L'Étranger*

Je cherchais depuis six mois la première phrase d'un nouveau roman lorsque quelqu'un frappa à la porte. Juillet et août avaient été si impitoyables que je me demandai si une seule personne avait eu le courage d'escalader les quatre étages pour déboucher, ruisselant, sous mes tuiles, ici, dans ce four.

Ruisselant je l'étais moi-même depuis des semaines, sous les trente-cinq degrés immuables de mon appartement. Malgré les dix douches quotidiennes mon cerveau s'était lui aussi mis à fondre, et je mentais à mon éditeur au téléphone en lui répétant que ça avançait. Pas le moindre premier mot d'un quelconque début d'histoire. Rien. Je n'avais plus rien à dire.

La canicule venait de balayer dix ou vingt mille vieillards. Certains d'entre eux attendaient encore dans les frigos que leurs enfants rentrent de vacances pour remplir les papiers.

Seule ma fille passait me voir deux ou trois

fois par semaine et nous regardions la télé, bouche ouverte, en transpirant. Lorsqu'elle restait le soir je tirais le matelas sur la terrasse et nous suivions en silence les avions et les étoiles filantes.

On frappa de nouveau. Ça ne pouvait pas être Julie, elle entrait comme le vent et lançait : « Papa ! » J'enfilai un slip et ouvris la porte.

Je ne le reconnus pas tout de suite dans le contre-jour du couloir. Sa masse sombre s'écroula sur moi.

— Ferme vite…, gémit-il.

Malgré les années la voix de mon ami d'enfance n'avait pas beaucoup changé. Je faillis perdre l'équilibre.

— Charlie…

— Ferme à clé, ils arrivent !

Le soutenant d'un bras, je fis ce qu'il me demandait. Courbé, il tangua jusque dans le salon, sa main droite plaquée sur son épaule gauche. Sa chemise bleu ciel était noire de sang. Une sueur glacée inonda tout mon corps.

— J'ai pris un pruneau mais ça va aller. Donne-moi à boire.

Ses yeux flambaient comme deux silex dans un torrent.

J'avais reconnu sa voix mais ce visage défoncé de douleur était méconnaissable, durci, traqué, farouche.

— Allonge-toi, Charlie, j'appelle un toubib.

— Donne-moi de l'eau… J'ai peur que ce soit le poumon.

Je courus à la cuisine. C'est alors qu'on entendit de grands coups résonner contre les portes des étages inférieurs et des voix d'hommes qui hurlaient d'ouvrir.

Charlie bondit sur mes talons.

— Laisse tomber la flotte ! Je peux me tirer par les toits ?

— Pas dans cet état.

— Bouge-toi, ils montent !

On entendait une cavalcade dans la cage d'escalier. Les appels se rapprochaient.

Je le poussai sur la terrasse de derrière.

— Enjambe la balustrade et accroche-toi à l'antenne de télé scellée dans le mur, elle est solide. Ensuite laisse-toi glisser sur le toit, tu atterriras sur une autre terrasse. La rue est juste dessous, si tu l'atteins file sur ta droite, ils auront plus de mal à te coincer, c'est plein de ruelles.

Il tira de sa poche un petit objet qu'il me tendit.

— Planque ça, souffla-t-il, c'est une cassette numérique, il ne faut surtout pas qu'elle tombe entre leurs mains. Tu vois le résultat.

Les coups ébranlaient maintenant ma propre porte. J'avais l'impression qu'on allait l'arracher.

« Ouvrez immédiatement, police ! »

— Tiens, prends ce numéro de téléphone. N'appelle qu'en extrême urgence et seulement d'une cabine. Apprends-le par cœur et détruis-le.

Je glissai dans mon slip un minuscule morceau de papier plié très serré. Je l'aidai à franchir la balustrade et le soutins pendant qu'il s'agrippait à l'antenne.

— Lâche-moi ! gronda-t-il. Planque la cassette !

À l'intérieur ma porte allait céder. Sans réfléchir je me précipitai sur le premier pot de laurier-rose et j'enfouis dans la terre le petit objet plat bien emballé dans un sachet de plastique.

À la seconde où je me redressai, j'entendis un fracas de tous les diables. Charlie venait de dégringoler de tout son poids sur la toiture d'en dessous, les tuiles explosaient. Quelque part une femme se mit à hurler.

Je n'avais pas fini de déverrouiller ma porte qu'une horde de flics en civil me clouait sur le tapis du salon. En un clin d'œil ils envahirent toutes les pièces, arme au poing. L'un d'eux cria : « Par ici ! »

Bras tordus dans le dos on me traîna sur la terrasse. Je cessai de respirer : un itinéraire de sang menait à l'endroit où Charlie venait de disparaître.

Tout le monde se pencha par-dessus la balustrade. Moi aussi dans la confusion, persuadé de voir le corps de mon ami disloqué dans un amas de tuiles. Il n'y avait que les débris et le cri de plus en plus perçant d'une femme.

— Il n'ira pas bien loin, déclara un colosse aux cheveux blonds rasés qui semblait être le chef. Bouclez tout le quartier !

Le gros du troupeau se rua dans l'escalier. Je jetai un coup d'œil furtif sur le pot de laurier-rose, le terreau ne semblait pas avoir été remué.

Le grand blond se tourna vers moi.

— Tu le connaissais ?

Je fis signe que non.

— Comment se fait-il qu'il soit venu directement chez toi ?

— J'ai entendu frapper, j'ai ouvert, il a traversé comme un courant d'air et il a filé par là.

Le flic baissa les yeux et sembla s'apercevoir seulement que j'étais presque nu.

— Enfile un pantalon et un tricot, je t'embarque. On étudiera la question dans mon bureau.

Il donna l'ordre à deux de ses hommes de s'occuper de l'appartement. Pendant que je m'habillais, je lui demandai s'il fallait que j'emporte quelque chose de particulier.

— Seulement tes papiers d'identité.

— Dois-je prévenir quelqu'un ? C'est une garde à vue ?

J'avais dit cela sans réfléchir. Sans doute une réplique de film. J'en regarde tellement la nuit, seul ou avec ma fille Julie.

Il me considéra étrangement.

— Je veux d'abord t'entendre comme témoin, le juge décidera ensuite… Tu connais la garde à vue ?

— Je connais surtout le cinéma.

Son regard étrange s'intensifia. Cet athlète ne devait pas posséder que du muscle. Je fourrai un peu de monnaie et ma carte d'identité dans la poche de mon jean et nous dévalâmes l'escalier.

Tous les voisins étaient sur le palier la bouche grande ouverte. La canicule n'expliquait pas tout.

La place aussi s'était figée pour regarder l'écrivain local démarrer en trombe sous le fouet bleu du gyrophare.

Coincé entre deux flics à l'arrière de la voiture, je pensais que je tenais enfin une bonne excuse à servir à mon éditeur : on ne m'avait pas laissé le temps de trouver le premier mot. Mais j'étais loin de me douter, à cet instant, dans quelle infernale odyssée, Charlie, mon ami d'enfance, venait de me projeter.

Combien cela faisait-il d'années que je ne l'avais revu, huit, dix ans ? J'avais entendu dire par les copains du quartier, les quelques rares fois où je m'étais arrêté pour boire un verre dans ce bar, où, durant des années, nous avions hurlé de rire agglutinés autour d'un baby-foot ou d'un flipper, que Charlie était devenu un voyou et même, murmuraient certains, un très gros truand sans doute lié au milieu marseillais.

Lui aussi repassait en coup de vent sur les terres de notre enfance, dans des bagnoles luxueuses et toujours différentes. On chuchotait qu'il possédait de nombreuses machines à sous dans la ville et qu'il faisait partie d'une redoutable équipe de braqueurs.

Quand nous évoquions Charlie debout près du comptoir, chacun baissait la voix, s'installait alors autour de nous une légère brume de crainte, de respect et de sourde admiration.

Charlie était le seul d'entre nous qui ait réussi. Les copains étaient fiers d'apercevoir mon visage parfois dans les journaux et beaucoup plus rarement à trois heures du matin sur le câble, mais les somptueuses limousines de Charlie aux vitres fumées de mystère frappaient plus violemment les imaginations. J'avais certes du talent, une sensibilité très personnelle, lui se déplaçait sur une autre planète, dans un univers nocturne.

C'est sur cette autre planète, un beau matin de septembre, que j'allais être propulsé.

La voiture découpa la ville. J'observais devant moi le crâne massif du flic blond. Il devait se tondre pour masquer une belle calvitie naissante que sa haute stature dissimulait d'abord.

Une barrière se souleva et le véhicule s'engouffra dans ce qui me parut être une cour de caserne.

Trois bâtiments en pierre et brique rouge se dressaient au milieu d'un quartier de poussière et d'entrepôts. Toutes les fenêtres étaient munies de barreaux.

Au triple galop on me fit gagner le troisième et dernier étage. Étage que l'on verrouilla derrière nous.

– Vide tes poches et assieds-toi là ! m'ordonna le blond.

Il prit ma carte d'identité et disparut.

J'étais dans une vaste pièce entièrement tapissée de photos de femmes nues, murs et plafonds, pas un seul centimètre carré de peinture, des seins, des fesses, des bouches et des cuisses partout. Comment pouvaient-ils se concentrer sur une affaire dans ce temple de la tentation ? Je trouvai cela plutôt rassurant. Pas tout à fait l'idée que l'on se fait d'une salle de torture.

Je repérai tout de même quelques photos d'hommes nus, ils n'avaient, eux, ni le corps ni le sourire de mannequins, des regards égarés, sans doute des hommes en garde à vue. Allaient-ils m'humilier de la sorte ? Certains dissimulaient leur sexe derrière des mains entravées.

Un flic était resté dans la pièce. Il feuilletait *La Provence*. Je lui demandai si je pourrais y jeter un coup d'œil lorsqu'il aurait fini. Il ne répondit pas.

Son silence et les barreaux aux fenêtres…

Brusquement je me souvins du numéro de téléphone glissé dans mon slip.

— Excusez-moi, dis-je, si vous aviez des toilettes, c'est urgent.

Il posa le journal sur le bureau, ramassa un trousseau de clés et me fit signe de le suivre. Il ouvrit la porte au fond du couloir et me montra les cabinets.

— Laisse la porte entrouverte, me dit-il.

J'eus quelque difficulté à extraire des poils de mon pubis ce papier minuscule, quelque autre difficulté à le déplier sans agiter les coudes ni trop arroser la lunette de plastique. Je l'arrosai copieusement. Le bruit de mon urine chutant dans l'eau couvrit celui du papier que l'on défroisse. Je lus : 06 32 84 64 16. Numéro délicat à retenir… Je relus plusieurs fois, secouai les dernières gouttes et fis disparaître le tout sous une trombe d'eau. Ouf ! S'il leur prenait l'envie de scruter mes testicules, ils n'y dénicheraient pas le moindre abonné.

J'attendis encore une grosse heure avec le flic silencieux et je finis par m'attacher à la poitrine éblouissante d'une femme entièrement nue assise dans une rivière au milieu du plafond.

Le blond entra soudain, suivi d'un autre presque aussi grand, robuste et rasé que lui. Il me fixa.

— Alors comme ça tu ne connais pas Charlie Branco ?…. Tu ne l'avais jamais vu avant qu'il vienne jouer les courants d'air ?

Indécis, je soulevai mes épaules, écartai les mains.

— Tu as habité pendant vingt ans au 22, lui au 24, vous avez fréquenté la même école, joué au foot dans le même club, et tu ne l'avais jamais remarqué ?….

Je baissai les épaules, repliai mes mains.

Un sourire de triomphe alluma ses yeux clairs sans que ses lèvres frémissent.

— D'ici quelques minutes tu ne seras pas si fier, chez moi personne ne résiste, les vrais durs c'est au cinéma. Tu m'as dit que tu connaissais bien les répliques de cinéma ? À partir de maintenant fais bien attention à ce que tu vas dire, dans cette salle il n'y a jamais de spectateurs.

Il contourna un bureau et s'installa devant le clavier d'un ordinateur.

— Nom, prénom, adresse, profession ?

Les deux autres flics se tenaient debout dans mon dos. L'un des deux éteignit sa cigarette. Sa main était aussi épaisse que mon Petit Robert.

— Pierre Chopin, 3, place aux Huiles, je suis écrivain.

— Tu écris quoi ?

— Des romans.

— C'est un métier, ça ?

— Quand j'écris, je mange.

— Et le reste du temps ?

— J'attends l'inspiration.

— Je suis sûr qu'aujourd'hui tu auras quelque chose à dire… Parle-nous un peu de ton ami Charlie ?

— Nous avons grandi ensemble, c'est vrai, il y a plus de dix ans que je ne l'avais pas vu.

— Et il débarque chez toi comme ça, sans hésiter ?

— Vous lui avez tiré dessus, il devait savoir que j'habite là maintenant.

Il s'écarta de son clavier et m'observa.

— Ce n'est pas nous qui lui avons tiré dessus mais des gens qu'il connaissait, des voyous comme lui. Nous sommes persuadés qu'il détient quelque chose que les autres veulent à tout prix récupérer, un petit objet si important qu'il pourrait faire couler beaucoup de sang. Nous aussi nous aimerions bien mettre la main dessus, c'est pour cette raison que nous étions sur ton ami quand les autres l'ont allumé. À l'heure qu'il est mes hommes passent ton appartement au peigne fin, si cet objet s'y cache ils le trouveront… Regarde-moi bien, Chopin, est-ce que Charlie t'a laissé quelque chose ?

J'étais soulagé de m'être débarrassé du numéro de téléphone.

— Absolument rien.

Je m'attendais à recevoir le Petit Robert sur la tête. Je ne reçus rien.

Je me retournai pour me faire une petite idée de leur réserve de calme, mes yeux tombèrent sur la femme nue assise dans la rivière.

— Elle a des seins splendides, dis-je.

J'eus l'impression d'avoir fait un faux pas. Le grand blond bondit de son siège et me colla une photo sous le nez.

— Et celui-ci, est-ce qu'il a de beaux seins ?

J'avais sous les yeux une vraie gueule de voyou, séduisante et cruelle.

— C’est un ami de Charlie, il ne serait pas passé chez toi lui aussi, de temps en temps ?

— Je n’ai jamais vu cet homme.

À chacune de mes réponses je pensais à mes mains, il fallait qu’elles demeurent calmes, posées bien à plat sur mes cuisses. J’avais entendu dire par un surveillant de grande surface qu’on repérait les voleurs à l’agitation des mains lors du passage aux caisses. J’offrais aux trois molosses le calme de mes mains.

— Et celui-ci ?.... Et celui-là ?

Il fit défiler sous mes yeux une dizaine de tronches toutes plus inquiétantes et perverses les unes que les autres.

— Je crois que j’ai vu celui-ci deux ou trois fois dans les journaux. Vous vous trompez sur moi, je fréquente des libraires, des bibliothécaires, des lecteurs. La nuit j’écris.

— Mais l’un des plus gros truands de la ville vient perdre son sang chez toi !

— On a joué au foot ensemble.

— Tous ces assassins aussi ont joué au foot ensemble quand ils étaient minots ! Malheureusement ils jouent aujourd’hui un jeu beaucoup plus dangereux. Tous les cartons sont rouges !

Il me montrait un pan de mur derrière son bureau recouvert de coupures de presse : arrestations de braqueurs, de trafiquants, photos de fourgons blindés criblés de balles, de règlements de comptes, saisies d'armes de guerre, de cocaïne, de cannabis, voyous étalés dans le ruisseau près d'une moto renversée.

Il reprit place devant l'ordinateur.

— Tu reconnais être l'ami de Charlie Branco ?

— Il y a longtemps j'étais l'un de ses amis.

Comme il tapait de profil, je pouvais suivre sur l'écran l'inscription des questions et des réponses. Je remarquai qu'il avait écrit ami au singulier.

— Avec un « s » amis, dis-je.

Il s'interrompit.

— Pardon ?

— Il faut un « s » à amis.

Il relut la phrase.

— Non, c'est l'un des amis, l'un. Singulier.

— Oui, mais nous étions plusieurs.

— Tu ne vas pas m'apprendre mon métier !

— Votre métier c'est policier, vous le faites très bien. Le mien c'est d'écrire.

Il me sembla que les deux autres flics dans mon dos se retenaient de rire. Le blond devint pourpre.

Dès lors je lui dictai des mots un peu compliqués, des accords difficiles. Il s'énerva, multiplia les fautes, effaça, corrigea.

Je pensais qu'il n'oserait plus me gifler, ou alors s'il le faisait ce serait avec une extrême violence.

Il devait avoir pris l'habitude de voir défiler dans son antre des troupeaux d'illettrés. J'espérais que l'orthographe l'impressionne un peu plus que le muscle. Je n'avais pas honte pour autant de mon mètre soixante-seize ni de ma musculature de troisième série. Avec jean, baskets et tee-shirt, j'aurais presque pu être un des leurs.

Hors de lui, il se dressa.

— Tu vas aller passer quelques heures dans la cage, ça te permettra de faire le point ! Ce n'est pas la grammaire qui m'intéresse, c'est Branco !

La cellule où ils m'enfermèrent, à l'extrémité du bâtiment, n'était qu'un cube de béton entièrement vide. Une paillasse jetée sur une dalle et des chiottes à la turque. Les murs fraîchement repeints tranchaient avec ceux de la pièce où l'on m'avait interrogé, pas la moindre trace ni inscription.

Si je m'étais douté en me réveillant le matin que je finirais cette journée dans un cachot… La vie possédait une imagination beaucoup plus extravagante que n'importe quel romancier. Je ne savais rien de cet homme pour lequel j'étais là, rien de cette vie mystérieuse, nocturne, dangereuse, dont j'avais entendu parler à voix basse. Je n'avais de Charlie que des souvenirs d'enfance, un garçon impulsif, solide, généreux, dont les yeux flambaient de malice et d'une étrange folie, toujours prêt au pire pour un éclat de rire. Qu'était devenu cet homme qui venait de surgir chez moi le corps trempé de sang ? Que pouvait-il y avoir sur cette cassette qui avait fait couler ce sang ? À l'heure qu'il était, ils l'avaient sans doute découverte dans le pot de laurier-rose et je resterais là pour complicité.

Je me souvins que ma fille devait venir dormir chez moi le lendemain, il faudrait que je téléphone à sa mère pour la prévenir. La prévenir de quoi ?

Je collai mon front contre le treillis métallique qui fermait une lucarne pas plus large que ma tête. J'aperçus au-delà des barreaux une cour déserte de caserne. Le soleil couchant éclairait la façade d'en face aux fenêtres encadrées de briques. Cela me rappela brusquement Verdun, vingt ans plus tôt. Le premier soir que j'avais passé dans un cachot aux arrêts de rigueur ; les ciels bas, le pâle soleil de la Meuse à travers le brouillard, puis la prison militaire et sa longue litanie de jours gris, froids, silencieux. À dix-neuf ans j'avais déserté l'armée, mais aujourd'hui…

Qu'étais-je venu faire dans cette autre caserne ? Déserteur… Ne l'avais-je pas été toute ma vie ? Seul dans mon appartement depuis quelques années au milieu des livres, du ciel et des oiseaux. Ma place était sans doute ici, un peu à côté des choses trop réelles, dans une caserne oubliée.

On vint m'ouvrir au milieu de la nuit. Le grand

blond avait l'air épuisé, il me tendit trois feuillets.

– Relis et signe ton procès-verbal. On n'a rien trouvé chez toi, tu es libre. Tu regretteras la garde à vue, ceux qui ont tiré sur ton ami sont beaucoup moins patients que nous.

Je signai le procès-verbal malgré les fautes d'orthographe.

– Récupère tes affaires et prends mon numéro de téléphone, ajouta-t-il. Tu crois sans doute comme beaucoup de gens que la police n'est là que pour emmerder. À cette heure Charlie doit être en train de se vider dans un coin. Sois moins con que lui, si tu sais quelque chose fais-moi signe. En sortant prends à gauche et descends jusqu'à la place, il y a une station de taxis.

Subitement tout le monde voulait me donner son numéro de téléphone.

Je retrouvai l'air libre, la douceur des nuits d'été, le bourdonnement lointain de la ville. Quelques heures de cellule suffisent pour vous faire redécouvrir toute la beauté d'une nuit d'été.

Je passai sans m'arrêter devant la station de taxis, j'avais besoin de marcher, de sentir sur ma peau la brise tiède qui montait de la mer. Cette banlieue sentait déjà l'automne, la brume et le figuier. Julie allait entrer dans quelques jours en CM2.

Malgré ou à cause de tout ce qui m'arrivait, je pris un vif plaisir pendant plus d'une heure à traverser à pied tous ces quartiers que je connais comme ma poche. Je les ai sillonnés des milliers de fois à vélo, Solex, moto, bus ou patins à roulettes.

Marseille est une ville qui vous enlève le goût de voyager, d'une rue à l'autre vous changez d'odeurs, de bruits, de continents. D'avenues tirées à quatre épingles aussi propres que la Suisse, je débouchais dans les dédales de Naples ou la banlieue d'Alger. Vous traversez la terre en une nuit et vous tombez soudain sur des mâts qui se balancent en plein milieu de la ville.

Au cours de leur voyage les étoiles n'ont pas trouvé plus beau miroir que le Vieux-Port. J'y arrivai à l'instant où le jour redessinait en rose l'église Saint-Laurent et celle des Accoules, et je mourais d'envie de tenir sous mon nez un vrai café.

Les premiers bistrots sortaient guéridons et fauteuils, quai de Rive-Neuve. Je dépassai la place aux Huiles et allai m'installer au Bar de la Marine face aux mille voiliers blancs qui dansaient comme autant de mouettes rassemblées en un paisible sommeil.

C'était cela Marseille, le merveilleux sommeil des mouettes au creux du matin rose et cet ami d'enfance qui perdait son sang dans une rue derrière.

Le spectacle qui m'attendait chez moi un moment plus tard me coupa littéralement le souffle. Que la porte d'entrée soit restée entrouverte ne m'étonna qu'à demi, mais dès que j'eus fait un pas à l'intérieur… Ma bouteille de gaz en explosant n'aurait pas fait plus de dégâts. Il ne restait pour s'orienter que la blancheur et la forme des plafonds, tout le reste avait été dévasté. Cette dévastation était encore plus choquante après l'instant de paix sublime que je venais de vivre sur le port.

Tous mes placards étaient grands ouverts, mes commodes dépouillées de leurs tiroirs semblaient éventrées. Vêtements, livres, cassettes avaient volé partout. Même indescriptible désastre dans la cuisine, le buffet et le frigo avaient été vidés, des monceaux d'assiettes, de nourriture, de casseroles jonchaient le sol sur un tapis de riz, de sucre en poudre et de café.

Il fallut que j'écarte mon matelas pour entrer

dans la chambre. Au milieu d'une bataille de draps, de piles de linge dispersées et de coussins, je me rendis compte qu'ils avaient même déshabillé les poupées de Julie. Dans la salle de bains mes pas craquèrent sur les eaux de toilette, les brosses à dents et les rasoirs jetables.

J'avançai dans ce cataclysme, le souffle toujours coupé. Comment la police avait-elle pu se livrer à un tel vandalisme ? Atterré par ce que je découvrais, j'en avais oublié la cause. Je bondis sur la terrasse de derrière. Les pots de fleurs ne semblaient pas avoir subi le même sort. Ils avaient seulement fouillé dans le petit placard métallique où je range mes produits et outils de jardin.

Je me penchai sur le pot de laurier-rose et fouillai la terre avec mes doigts à la recherche de la cassette. La couche supérieure était souple, je la retournais souvent à l'affût des mauvaises herbes. Comme je ne trouvais rien, j'allai chercher une petite pelle dans l'armoire et vidai le pot de tout son terreau. Rien… J'attrapai le laurier-rose et sa boule noire de racines et le sortis entièrement. Je n'en crus pas mes yeux. La cassette avait disparu. J'écrasai entre mes mains le moindre grumeau de terre dans l'absurde espoir de dénicher quelque chose. Elle avait bel et bien disparu.

Le flic blond m'avait pourtant dit qu'ils

n'avaient rien trouvé, la preuve j'étais libre. Qui d'autre alors ?

Un bruit léger attira mon attention du côté de la cuisine. Je n'avais pas fermé la porte d'entrée tout à l'heure, estomaqué par ce chaos.

Je m'apprêtais à aller jeter un coup d'œil lorsqu'un homme surgit sur la terrasse. Il était aussi haut et large que la porte-fenêtre et tenait un revolver gros comme son poing.

— Alors c'est là que tu l'as planquée, articula-t-il sourdement. Dire que j'y avais pensé. J'ai jamais aimé le jardinage, la moindre plante verte me flanque le cafard.

J'étais pétrifié. Son regard fou me fit l'effet d'une lampe à souder en plein visage. Il fit un pas et ouvrit sa main gauche.

— Donne-la-moi !

Sa tête avait été fabriquée à coups de masse. Tout y était difforme, écrasé, déplacé. Une tête de gorille qui a passé sa vie à suer, saigner et cracher sur un ring.

— Elle a disparu, murmurai-je la gorge desséchée.

— Disparu ?.... Impossible, les flics ne l'ont pas trouvée, moi non plus. Aboule ou je t'explose le crâne !

Il était donc passé ici après la police. Mon appartement ressemblait à ce visage, à ce chaos. Cette créature était capable de tout.

– Fouillez-moi… Je l'avais cachée dans ce pot, elle n'y est plus. Je ne comprends pas…

Il fit un pas de plus.

– Te moque pas de moi, rigolo ! Je te donne cinq secondes !

Je n'avais que cinq secondes pour regretter les muscles rassurants de la police. Cet homme qui n'avait rien d'humain devait toujours faire ce qu'il disait. Cinq minuscules secondes et il agirait sans état d'âme. Sans âme. Il me sembla que même les martinets avaient cessé de découper le ciel de leurs fines ailes noires et de leurs cris pointus.

On entendit alors un autre petit bruit du côté de la cuisine. Un bruit que je ne m'expliquerai jamais. Quelqu'un… Ou tout simplement le moteur du frigo qui se remettait à vibrer. Ce petit bruit me sauva la vie.

La brute pivota brusquement, pointant son arme vers la cuisine. Sur les cinq secondes qui me restaient à vivre, il en utilisa trois à scruter la pénombre de mon appartement. Il me tournait le dos en se disant sans doute qu'il n'avait pas grand-chose à craindre de moi. Il se trompait, la terreur produit une force colossale et une agilité de félin.

Sans état d'âme et en un éclair, je saisis le pot de géraniums posé sur la table de jardin et, avec toute la puissance de ma peur, je le lui fis éclater sur la tête au moment où il se retournait. Il dut recevoir le choc sur la tempe car je vis, de profil, sa bouche s'ouvrir. Nous étions tous les deux couverts de terre noire.

Il tenta de s'accrocher à la table métallique qui bascula, s'embroncha dans un fauteuil, perdit l'équilibre et fonça tête première dans une jarre où s'épanouissait un jasmin. En grognant il la pulvérisa.

Son arme lui échappa des mains et fusa sur les dalles roses de la terrasse. J'aurais pu bondir et m'en saisir. Je ne le fis pas. Mon instinct me poussa ailleurs.

Sans réfléchir je fis les gestes que j'avais fait faire à Charlie la veille. Je basculai par-dessus la balustrade, m'agrippai à l'antenne de télé et me jetai sur le toit deux ou trois mètres plus bas. Dans mon affolement, je n'entendis pas le vacarme que dut faire mon corps en s'écrasant sur des tuiles déjà brisées.

Cet itinéraire décidément serait bientôt plus emprunté que notre cage d'escalier.

Je m'accrochai d'une main à une gouttière, atterris tant bien que mal sur une autre terrasse où la femme de la veille se remit à brailler. Elle habitait donc ici.

De là je sautai dans la rue.

Je démarrai avec la vitesse d'une balle de revolver. Sans me retourner je traversai le cours d'Estienne-d'Orves, escaladai la rue Fortia, contournai le palais de Justice et me perdis dans le dédale des ruelles qui cernent la Préfecture.

J'entrai dans un bistrot et me glissai derrière une table dissimulée par le comptoir. Le patron se pencha vers moi. Je commandai un demi. J'étais en nage. Le serpent glacé de la peur se tordait dans mon ventre. Tout le monde avait dû remarquer mon entrée. Non, un groupe d'hommes discutait bruyamment de l'OM autour d'un journal grand ouvert, une femme assise devant son café regardait son passé.

Je pensai que désormais je ne pourrais plus avoir sur le mien un regard si lointain. Mon passé avait vingt-quatre heures. Vingt-quatre heures durant lesquelles je n'avais pas fermé l'œil. Vingt-quatre heures qui avaient projeté sur ma vie plus d'événements que je n'en avais connus ces dix dernières années. « Vertigineuse accélération de l'histoire », diraient certains penseurs. J'étais aux commandes de ce bolide et je n'en connaissais pas le moindre cadran.

En vingt-quatre heures j'avais vu surgir et disparaître, dégoulinant de sang, l'un de mes meilleurs amis d'enfance. J'avais enterré une mystérieuse cassette derrière laquelle toute la ville courait, subi un interrogatoire puis le silence d'une cellule. Un dingue avait dévasté mon appartement avant de me donner cinq secondes pour vivre. Je venais de démolir la tête de ce dingue et la moitié d'une toiture pour me retrouver ici, les mains tailladées par les éclats de tuiles, tremblantes dans un bar inconnu.

D'autant plus mystérieuse, cette cassette, qu'elle avait mystérieusement disparu. Si ni le tueur ni la police ne l'avaient découverte, qui d'autre alors ? Et Charlie, où était-il à cette heure ? Agonisait-il recroquevillé entre les roues d'un camion, dans un parking, ou était-il déjà mort comme un rat au fond d'une cave ? Et moi, emporté par le flot de cet indescriptible délire, qu'allais-je devenir ?

Mes mains n'étaient pas seules à trembler. Chacun de mes muscles, de mes nerfs et la moindre de mes glandes vibraient. J'eus du mal à porter la mousse à mes lèvres. J'en renversai pas mal sur ma chemise déjà sombre de fatigue et de sueur.

Avec une équipe de Marseille à nouveau propulsée en ligue des champions et qui devait affronter le soir même le légendaire Real de Madrid, emmené par Zidane et Ronaldo, j'aurais pu me verser sur la tête le fût entier de bière sans que personne ici n'y voie rien de déplacé. Tous ces clients matinaux étaient déjà sur la pelouse de Santiago-Bernabeu, hallucinés par leur passion, et je trouvai cela aussi rassurant, pour moi qui venais peut-être de tuer un homme et qui pouvais à tout moment recevoir deux balles entre les yeux, que ces centaines de femmes nues dans les locaux de la police.

Pour soutenir mes membres et l'Olympique de Marseille, je hissai ma tête au niveau du comptoir et commandai une deuxième pression. Je dus renouveler ma commande plusieurs fois et hisser un peu plus haut ma tête tant le patron lui-même gesticulait.

— Ils nous prennent pour des bras cassés, le Real ? hurlait-il à cet instant. On a fait plier Milan il y a dix ans, on a peur de degun !

J'étais en proie à un tel tumulte que j'hésitais entre l'envie de crier avec eux et celle de me cacher sous la banquette. Je levai mon verre et je gueulai :

— C'est une équipe de stars, nous sommes des combattants !

Tous se tournèrent vers moi. Je surgissais du

néant. J'étais un prophète. Comme un seul homme ils levèrent leurs verres.

– On craint degun ! repris-je à tue-tête, les yeux braqués sur la porte d'entrée et la rue.

Ce cri me fit du bien. Non, je ne craignais personne au milieu de ces supporters, mes frères. On ne tire pas sur quelqu'un qui lève son verre à la gloire de Marseille et du ballon. Je me joignis à eux, soulevé par une confiance soudaine. Les clients entraient, étoffant encore notre équipe de fanatiques. Nous avions refait vingt fois le match de l'année et tout le monde payait la sienne. Il devait en être ainsi dans les mille bistrots de la ville, de Saint-Antoine à Callelongue.

Je me souvins brusquement que je devais aller chercher Julie à l'école à cinq heures. Impossible dans ce champ de mines. Il fallait immédiatement prévenir sa mère, c'est-à-dire celle qui n'était plus ma femme depuis trois ans. J'aperçus un téléphone au bout du comptoir.

– Je peux ?.... fis-je signe au patron.

– Vas-y ! me répondit-il en riant. Dis à Beckham d'aller chez la coiffeuse, il faut qu'elles soient jolies ce soir nos petites stars du Real !

En temps normal, ces petites stars, il devait les vénérer, mais on ne touche pas à Marseille. Depuis un siècle ici on donnait son sang pour l'OM. Sans l'OM et les machines à sous, la moitié des bars tireraient le rideau.

Je composai le numéro de son travail.

– Anne... C'est moi...

– Je t'ai dit cent fois de ne pas me déranger au bureau, appelle-moi à la maison !

Elle avait une façon de dire à la maison, comme si nous vivions encore sous le même toit. Je n'y étais jamais entré dans cette maison, je n'en apercevais par le portail entrouvert, quand je raccompagnais Julie, qu'une belle terrasse fleurie sous l'ombre d'un tilleul et une balançoire.

– C'est important... Je ne peux pas aller chercher Julie ce soir.

Il y eut un silence. C'était la première fois que cela m'arrivait. Pour rien au monde je ne laissais passer mon tour d'être avec Julie. Dès qu'elle franchissait le portail de l'école j'étais heureux. Main dans la main nous allions goûter. L'été au bord de la mer, l'hiver dans la cuisine devant un chocolat, en jouant à la maîtresse, au Monopoly, ou en fignolant l'un de nos trois cents tours de magie.

– Tu es malade ? me demanda-t-elle.

– Non... Je me suis remis à écrire.

– Et cela t'empêche d'aller chercher ta fille ?

– Depuis hier matin j'écris sans respirer. Il y a un siècle que ça ne m'était pas arrivé. Si je m'arrête, j'ai peur de ne pas pouvoir reprendre. Ça sort comme un torrent.

J'avais dit cela sans réfléchir. Le mensonge me parut honorable. J'avais souvent eu la sensation d'inventer ma vie en écrivant, d'inventer la vie. Enfant, dans les rivières je soulevais les pierres à la recherche des écrevisses, maintenant je ramassais des mots en quête d'émotions. Chaque livre écrit, chaque phrase avait changé ma vie. Depuis quelques heures la vie était plus forte que les mots, bouillonnante, dévastatrice, barbare. De cette tourmente sortiraient assurément, si j'en réchappais, des torrents de mots.

— Un roman ?....

— Je ne sais pas encore... C'est, comment t'expliquer... tellement étrange. Ça a l'air d'un polar.

— Comment ça a l'air ? Tu veux dire une enquête ?

— Une enquête, oui, peut-être pire.

— Je ne comprends rien, Pierre, tu es sûr que tu n'es pas souffrant ?.... Si tu écris depuis hier, tu connais un peu l'histoire ?

— C'est l'histoire d'un homme qui enterre dans un pot de fleurs une cassette que tout le monde voudrait posséder, des flics comme des tueurs.

— Et qu'est-ce qu'il y a sur cette cassette ?

— Justement, je n'en sais rien... J'écris pour apprendre la suite, ça va tellement vite.

— Où es-tu, j'entends un drôle de bruit ? Tu écris en écoutant la radio ?

— Non, je suis descendu boire un café dans un bar. Je n'ai pas dormi depuis hier, je suis avec des supporters de l'OM. Au cas où tu ne serais pas au courant, il y a un match ce soir, le Real contre l'OM. La ville entière ne parle que de ça.

— Tu m'appelles parce que tu écris, ou tu as envie d'aller au stade ?

— C'est à Madrid.

— Avec toi… Qui me dit que tu ne m'appelles pas d'Espagne ?

— J'aimerais bien !

— Tu as bu ?…. Écoute, je ne comprends rien, j'irai chercher Julie à l'école. Écris des polars, va au ballon, mais ne m'appelle plus au travail !

Elle avait raccroché.

Je payai ma tournée et sortis. Le patron me lança :

— Reviens ce soir, on regarde le match tous ensemble ! Il faut les aider les miracles !

Je fis signe que oui mais j'étais déjà dans la rue, hagard, sale, pas rasé.

Où me réfugier alors que d'autres tueurs étaient sans doute en train de ratisser la ville ? Chez des amis ? A-t-on encore des amis lorsque l'odeur de poudre est à vos trousses ? Et pour combien de temps ?

Je fis le tour de la Préfecture. Il suffisait d'entrer et de demander une protection. N'avais-je pas dans la poche le numéro direct du grand flic blond et ses dernières paroles : « Si tu sais quelque chose, fais-moi signe. » Je savais surtout que je lui avais caché quelque chose et j'étais à présent dans de beaux draps.

Je m'approchai du porche. La vaste cour d'honneur scintillait au soleil. Un policier en tenue s'avança vers moi et fermement me demanda de circuler. J'eus à peine le temps de sauter sur le trottoir, trois voitures officielles s'engouffraient sous la voûte de pierre.

Je devais avoir l'air d'un clochard, d'un terroriste. Je filai plus loin.

Ce policier, je pouvais très bien l'appeler d'une cabine. Une cabine... Un autre numéro éclata dans ma tête, avec la voix de Charlie. « En cas d'urgence appelle d'une cabine. » Urgence il y avait.

J'entrai dans un bureau de tabac à l'angle de la rue et achetai une carte téléphonique. La buraliste m'indiqua trois cabines de l'autre côté du carrefour, près du kiosque à journaux.

Je décrochai le récepteur, introduisis ma carte et soulevai mon doigt : police ou numéro secret ?.... La police j'en sortais, et puis mon imagination quelque peu romanesque... Je composai le numéro secret.

La sonnerie bourdonna une bonne dizaine de fois. J'allais raccrocher quand j'entendis un déclic puis une voix qui me parut très grave « Oui ?.... » Cette voix me surprit, je restai muet. « Oui ?.... » répéta l'homme.

— Je suis un ami de Charlie...

Au silence qui suivit je crus qu'il avait raccroché.

— Allô ? dis-je. Allô ?

— Oui... je vous écoute...

— Charlie m'a donné ce numéro, à appeler en extrême urgence. Il y a extrême urgence.

— Où êtes-vous ?

J'allais dire près de la Préfecture quand je pensai que ce mot sentait trop la police pour un ami de Charlie.

— Dans une cabine, rue de Rome.

— Vous connaissez le cimetière Saint-Pierre ?

— Je suis marseillais.

— Dépassez l'entrée principale, faites environ trois cents mètres dans la direction de Saint-Jean-du-Désert. Vous verrez sur votre gauche un petit bar-restaurant. Rendez-vous à midi.

— Quel est le nom du restaurant ?

— Il n'a pas de nom. Midi.

— Je vous reconnaîtrai comment ?

— C'est moi qui vous reconnaîtrai.

La sonnerie m'apprit qu'il avait raccroché. Pas bavard le type. Quelle voix…

Il n'était pas tout à fait onze heures. J'avais largement le temps d'y aller à pied. Je rejoignis Castellane et remontai le boulevard Baille jusqu'à la Timone. La rue Saint-Pierre était calme à cette heure, presque campagnarde. Je longeai le mur du cimetière, dépassai sa porte monumentale et aperçus le petit restaurant, juste après le dépôt de tramways, dans un fouillis d'entrepôts, de garages et de hangars plus ou moins désaffectés.

Je compris pourquoi il n'avait pas de nom. Plus une gargote de bord de route qu'un vrai restaurant. Il n'y avait que trois tables en plastique défraîchi et six fauteuils dans le même état sous une maigre tonnelle. Je m'installai.

Un petit homme jovial apparut.

— C'est pour boire ou pour manger ?

Je me rendis compte seulement que je crevais de faim.

— Pour manger ! criai-je presque.

— Aujourd'hui j'ai fait la daube, ça vous va ?

Si ça m'allait. Je n'avais rien avalé depuis plus de vingt-quatre heures.

— Avec pâtes ou pommes de terre ?

— N'importe, mais beaucoup !

Il disparut derrière son rideau.

— Vous n'êtes pas seul !

Je jetai un coup d'œil dans la salle à travers une vitre poussiéreuse. Seul je l'étais.

Pour peu de temps. Dès midi moins cinq, il n'y eut plus une seule place ni à l'intérieur ni à la terrasse. Les gens sortaient de tous les côtés de ce quartier désert quelques instants plus tôt. Comment l'inconnu à la voix grave allait-il me reconnaître ?

Je fus tout de même servi le premier, dans une espèce de soupière. Il y en avait pour quatre. Dans mon estomac, les quatre y étaient, en train de hurler. Je m'en mis jusque-là. Depuis des années je n'avais pas goûté une daube pareille. Elle devait mijoter dans son vin depuis le début de l'été, on en fermait les yeux… J'en oubliai presque mon étrange rendez-vous. Pourvu qu'il ait un peu de retard, me dis-je, que je puisse terminer.

Le petit homme me frôla, deux pichets dans chaque main, se pencha vers mon oreille et murmura : « On vous attend dans le cimetière, près du crématorium. »

Je voulus dire quelque chose mais il était déjà derrière ses fourneaux. Je l'y suivis.

— Je vous dois combien ?

— Tout est réglé, monsieur, bredouilla-t-il en se détournant.

Ce n'était plus le petit être gai, rieur de tout à l'heure, il semblait fuyant, presque terrorisé.

Le calme parfait du cimetière me surprit après l'agitation du petit restaurant. On franchissait un mur et la fièvre de la ville laissait place à un immense jardin. Mille touches de couleur respiraient sous un limpide ciel de septembre. Personne dans ces larges allées qu'un employé arrosait en sifflotant.

En grimpant vers le crématorium, je me souvins d'une matinée semblable à celle-ci, paisible et bleue. Nous avions accompagné Jean-Claude, notre ami, jusqu'aux portes de l'éternité. Pendant que son corps brûlait nous avions écouté la trompette de Miles Davis, lointaine, mélancolique, et cette mélodie ressemblait à tous les personnages de *Total Khéops* et à cette ville qui étaient sortis de son cœur. Instant inoubliable. Inoubliable ami.

Quelques personnes attendaient devant le crématorium. En robes et chemises d'été, elles bavardaient presque gaiement et on se serait cru sur la place de n'importe quel village de Provence entre midi et deux.

Je gagnai une ombre un peu à l'écart et j'attendis. M'avait-on invité à un enterrement ?

Je n'attendis pas longtemps. Une voiture que je n'avais pas vue arriver s'arrêta devant moi tel un vaisseau sombre et silencieux. Coupé Mercedes V8. Une vitre fumée glissa. Un homme aux lunettes noires me fit signe de monter. Je m'exécutai.

Tout aussi silencieusement le coupé fila dans les allées. Personne ne nous avait remarqués.

Les tombes et les fleurs valsèrent un moment autour de nous. Soudain, par une porte de service que j'aperçus au dernier moment, nous quittâmes le cimetière.

Nous longions le chemin de l'armée d'Afrique. L'homme aux lunettes noires donna un léger coup de volant, la voiture bifurqua et bondit sur l'autoroute.

Le coupé prit de la vitesse en direction d'Aubagne. Du coin de l'œil, j'observais cet homme qui conduisait avec souplesse et précision. Il était vêtu d'un jean blanc et d'un polo bleu marine. L'ensemble était élégant, décontracté, je crus reconnaître la griffe Cerruti. Ses mocassins étaient assortis au polo, le même bleu marine.

Les banlieues défilaient. Son silence devenait inquiétant.

— Qui êtes-vous ? lui demandai-je.

— C'est à toi de me dire qui tu es.

C'était bien la voix grave du téléphone. Les muscles des bras et la puissance du cou expliquaient cette voix. Comme la police, comme le tueur sur ma terrasse, lui aussi me tutoyait. Depuis vingt-quatre heures tout le monde me tutoyait. Drôle de milieu. Ces montagnes de muscles donnaient donc le droit de tutoyer.

— Je suis un ami d'enfance de Charlie. Comment saviez-vous que c'était moi au restaurant ?

— Je t'observais depuis un moment, dit-il, tournant vers moi un énigmatique sourire de loup.

Malgré les lunettes de soleil je reconnus ce visage, le léger sourire. La première photo que les flics avaient collée sous mon nez la veille. Sourire cruel et séduisant.

— J'ai eu l'impression que le patron avait peur lorsqu'il m'a dit que vous m'attendiez dans le cimetière.

— En ce moment à Marseille tout le monde a peur. Si tu me racontais plutôt pourquoi Charlie t'a donné mon numéro. Maintenant vous êtes deux à le connaître, ça fait beaucoup.

Je lui racontai comment Charlie avait surgi chez moi la veille, ensanglanté, la cassette, son numéro sur le bout de papier.

— Ils l'ont serré il y a deux heures, me coupa-t-il, à peu près au moment où tu m'appelais. J'essayais de le tirer de là mais tout le quartier était bouclé. Je n'ai pu que suivre de loin l'ambulance. Il a dû perdre un paquet de sang sinon ils ne l'auraient jamais coincé. Et la cassette, tu l'as planquée ?

Je lui parlai du pot de laurier-rose, de ma garde à vue, du grand flic blond.

— Le commissaire Munk, c'est lui qui est sur l'affaire depuis un an.

— Quelle affaire ?

— Tu sors d'une garde à vue et ils ne t'ont pas parlé du juge Rousseau ?

— Celui qui a été abattu au rond-point de Mazargues ?

— Lui-même. Depuis un an tout le SRPJ de Marseille est sur les dents, appuyé par l'OCRB, la Sûreté et tout ce que cette ville compte de poulets, de magistrats et d'indics. Ça fait du boucan le cadavre d'un juge. Douze mois qu'ils se cassent les dents. Le dossier est aussi vide qu'une église un lundi après-midi.

— Et qu'est-ce que Charlie a à voir là-dedans ?

— La réponse est peut-être sur cette cassette que notre ami possédait.

Je lui racontai alors la deuxième partie de ma démentielle épopée, mon appartement dévasté, la cassette disparue, l'apparition du tueur à tête de démon.

— Je ne sais pas s'il est mort, le pot de fleurs a explosé sur sa tempe et il s'est effondré.

De nouveau le loup souriait.

— Ne t'en fais pas pour lui, c'est un mur. En prison je l'ai vu fendre des portes à coups de tête.

— Vous le connaissez ?

— Une tronche pareille, il n'y en a pas deux à Marseille. Pendant six mois j'ai partagé sa cellule, je n'ai jamais aussi peu parlé de ma vie. Même sous la torture ce type ne te donnerait pas l'heure. Dans le milieu, on l'appelle « le Silencieux ». Un jour, alors qu'il devait être entendu au palais, par le juge Rousseau justement, je l'ai vu se coudre la bouche avec du fil et une aiguille pour bien montrer qu'il ne parlerait pas... Ils ne t'ont pas envoyé n'importe qui. Tu t'en es bien sorti, il est très dangereux.

Je m'en étais bien sorti... Tout ce que nous disions paraissait normal à cet homme qui conduisait avec un calme minéral. Qu'un écrivain paisible casse un pot de géraniums sur le crâne du Silencieux, se jette d'un toit pour sauver sa peau et se trouve peut-être mêlé à l'assassinat d'un juge, tout cela lui paraissait normal. Dans quel monde de psychopathes étais-je tombé brusquement ? Étais-je en train de rêver ? De regarder un film noir ? Devais-je me gifler violemment afin de revenir sur terre ?

Cet homme dont je n'avais pas encore aperçu le regard, dont je ne connaissais même pas le nom, traversait à présent les paysages merveilleux du Var, châtaigniers, pins parasols, chênes-verts, en me racontant comment le dingue qui avait voulu vider son chargeur dans ma tête avait un jour fendu les portes de prisons avant de se coudre les lèvres.

– Tout ce que vous me dites est plutôt rassurant, lui dis-je pour détendre un peu l'atmosphère et être en harmonie avec les forêts qui bordaient l'autoroute. Nous foncions alors vers Nice. Ça ne m'explique toujours pas pourquoi Charlie a atterri chez moi une balle dans l'épaule.

– Tu t'approches de la partie la plus sensible de l'affaire. Comment t'expliquer simplement… Depuis deux ans on assiste à une réorganisation du milieu. Je ne vais pas entrer dans les détails, disons une redistribution de toutes les cartes. Charlie possède une part du gâteau, cette part, d'autres la convoitent. Une guerre a commencé, impitoyable, sanglante comme toutes les guerres, qu'elles se fassent pour le pétrole ou les machines à sous. Charlie vient de sortir de sa manche une carte maîtresse, cette fameuse cassette. Avec cette cassette, il peut envoyer ceux d'en face aux gamelles pour perpète. Tu me suis ?....

— Mal.

Comme un écho à ses paroles nous entrions maintenant dans de sombres territoires de guerre, conçus par la monstrueuse aigreur de quelque pyromane.

— Quand le juge Rousseau a été abattu, poursuivit-il, tout ce que Marseille compte de malfrats, du petit vendeur de shit aux cerveaux de la pègre, tout le monde a sablé le champagne. Aux Baumettes, ils ont cogné toute une nuit contre les barreaux. La fiesta ! Il était détesté, ce juge, mais on ne fume pas un juge comme un simple truand, ça a mis le feu à Marseille et ce n'est pas près de s'arrêter. Ce que tu as caché dans les fleurs hier matin et qui a disparu, c'est une véritable bombe. Cette bombe, tout le monde la veut et tout le monde en a peur.

— Où allons-nous ? dis-je, abasourdi, anéanti, K.-O.

— D'abord il fallait parler, comprendre. Rien de mieux qu'une voiture qui trace pour parler. Maintenant je vais essayer de te mettre à l'abri. Pour combien de temps...

— Faites demi-tour, c'est trop dangereux. Je vais appeler la police, ce commissaire, je n'ai rien à me reprocher. J'ai fait ça pour Charlie.

Ils l'ont arrêté et je n'ai plus la cassette. C'est absurde.

La voiture ralentit, s'engagea sur une aire de repos. L'homme aux lunettes noires la gara sous les arbres et me fit face.

— Si tu veux retourner là-bas, appeler la police, c'est ton droit. Je veux que tu comprennes une chose ; il n'y a pas d'un côté les voyous, de l'autre la police, on ne voit ça que dans les cours de récré, à l'école primaire. Dans la vraie vie il y a un seul gâteau et tout le monde mange, les flics comme les voyous. Quand un shérif comme Rousseau se fait buter, on ne sait pas qui ça arrange le plus. Méfie-toi des deux camps et dis-toi bien que le diable est partout.

— Roulez, lui dis-je, je n'ai plus la force de penser.

Un moment plus tard nous glissions sur la promenade des Anglais, entre une mer d'huile et des hôtels de luxe. Nous avions cessé de parler et je n'avais pas d'autre choix que de laisser cet homme s'occuper de ma vie.

Il tourna à gauche vers le jardin Albert-Ier, remonta l'avenue Jean-Médecin et gara le coupé dans une petite rue très animée.

— Nice est une bonne ville pour disparaître, me dit-il. Tu as des papiers ?

— Ma carte d'identité.

— Tu vas d'abord t'enterrer dans un hôtel, deux ou trois jours, ensuite file en Italie ou plus loin. Pendant quelques semaines fais-toi oublier.

— Je suis parti par les toits. Je n'ai pas d'affaires, pas d'argent, mon appartement est grand ouvert.

Il ouvrit la boîte à gants, prit l'un des quatre ou cinq portables qui s'y trouvaient. Il fit le 12, attendit…

– Je voudrais le numéro de l'hôtel Normandie, à Nice…

Il se pencha vers le pare-brise, tordit son cou.

– … rue d'Alsace-Lorraine, je vous remercie.

Un car orange et violet venait de stopper devant nous et un flot de touristes en dégringolait pour s'engouffrer dans l'hôtel Normandie.

Les renseignements avaient dû le mettre en contact avec l'hôtel, presque aussitôt il dit : « Auriez-vous une chambre pour deux ou trois nuits, s'il vous plaît ?…. Non, je suis seul… Merle, Michel Merle. Je serai chez vous dans une heure environ. »

– Mais je ne m'appelle pas Michel Merle ! protestai-je quand il eut terminé.

– Parce que tu crois que je m'appelle Grive ?… Paie deux nuits d'avance, on ne te demandera rien. Sinon, dis que tes papiers sont dans ta voiture à un kilomètre d'ici. En attendant tu vas aller acheter quatre fringues et de quoi te raser, tu as l'air d'un mendiant.

Il glissa la main sous son siège et en retira une petite sacoche noire qu'il ouvrit.

– Tiens, prends ça, dit-il me tendant une liasse de billets de cinquante euros retenus par un élastique.

Je sursautai.

– Mais je…

Il tira de la sacoche une autre petite liasse qu'il ajouta à la première sans presque en regarder l'épaisseur.

— Fourre ça dans tes poches avant qu'on te prenne pour un dealer. Salut et bonne chance !

Il me serra la main.

— Je ne comprends pas, pourquoi faites-vous tout ça pour moi ?

— Je ne le fais pas pour toi, je le fais pour Charlie. Si on se revoit je t'expliquerai. Suis mon conseil, disparais, le juge a fini au pied d'un platane, dans les jours qui viennent beaucoup de platanes vont être arrosés. Ce n'est pas ta guerre, sauve ta peau.

Je descendis et la Mercedes disparut comme elle était arrivée, sans un souffle. Silencieux navire sur les eaux sombres de la fatalité.

Je me retrouvai seul, planté au milieu d'une rue dans une ville inconnue, et je devais sauver ma peau.

Je regardai la façade de l'hôtel Normandie, deux étoiles coquet aux persiennes vert tendre. On m'y attendait dans une heure.

Je filai vers l'avenue Jean-Médecin où j'avais vu en venant beaucoup de magasins. Il y avait un monde fou à cette heure avancée de l'après-midi, et l'embarras du choix côté vitrines.

J'entrai dans une espèce de Monoprix et trouvai très vite ce que je cherchais. Un sac de voyage en toile et cuir bleu dans lequel j'entassai deux pantalons d'été, trois chemises en jean et quelques sous-vêtements. À part les slips tout était soldé. J'y jetai aussi dentifrice, brosse à dents, lames, rasoir, mousse et eau de toilette bon marché dont j'aspergeai abondamment mes aisselles qui devaient sentir férocement l'homme traqué.

Je me dirigeai vers les caisses après avoir discrètement extrait de ma poche deux ou trois billets seulement.

À l'hôtel Normandie, on m'attendait bien. Le sourire de la femme plutôt corpulente qui m'accueillit derrière la petite banque de la réception fut un peu terni par ma tenue plus que négligée. L'été n'avait pas effleuré ses beaux bras ronds plus blancs que neige et ce qu'elle avait décidé de laisser voir de sa lourde poitrine.

— Monsieur Merle ? me demanda-t-elle, un œil sur le registre, l'autre sur le col de ma chemise et mes joues noircies de barbe.

— Michel Merle, oui. J'ai roulé toute la nuit, m'empressai-je d'ajouter, une bonne douche sera la bienvenue.

Je m'empressai aussi de poser devant elle trois ou quatre billets de cinquante euros.

— Je vais vous régler déjà les deux premières nuits, ce sera un souci de moins.

Un sourire digne de son poste éclaira son visage lunaire, aussi pâle et rond que les seins.

— Nous vous avons réservé une très bonne chambre, monsieur Merle. Laissez la fenêtre fermée, il y a la climatisation. Voici votre clé, chambre 107, premier étage à droite. Je vous souhaite un très agréable séjour.

Je ramassai mon sac et grimpai à l'étage avant qu'elle ne demande à voir mes papiers.

Je m'enfermai à double tour, jetai un coup d'œil sur la douche et m'abattis sur le lit sans avoir eu la force de retirer mes chaussures. Ma tête n'avait pas touché l'oreiller que je sombrai d'un bloc dans un sommeil de plomb.

Je fus surpris en ouvrant les yeux de me retrouver en un lieu que je ne reconnaissais pas. Couvre-lit et rideaux rouges, murs et lampes de chevet abricot, petite télé perchée près du plafond… J'étais tout habillé, mes pieds me faisaient mal. À la vue des chaussures, tout me revint, la caserne et le cachot, la tête du démon, la voiture sombre qui m'avait amené jusque-là. Absolument tout de ces deux journées que j'avais passées à courir, sauter, trembler et surveiller mes mains. Deux journées invraisemblables, presque surnaturelles.

J'avais dormi d'un trait, sans rêves. Je consultai ma montre : huit heures. Du soir ou du matin ?…. Je fis un pas vers la fenêtre. Un pas suffisait tant la chambre était minuscule. Le soleil allumait la façade de l'autre côté de la rue, la chaussée était mouillée. C'était une lumière neuve, fraîche. J'avais fait plus que le tour du cadran, la faim creusait mon ventre. Je remarquai alors qu'une délicieuse odeur de café se glissait sous la porte. Était-ce cet arôme qui m'avait réveillé ou cette jeune lumière ?

Je me déshabillai et sautai sous la douche. L'eau chaude dénoua d'un coup tout mon corps, le moindre de mes muscles. Je fermai les yeux et laissai crépiter sur ma peau cette voluptueuse averse. L'eau chaude s'occupa de mon angoisse et de ma peur. Lentement elle devint tiède, puis froide. J'avais vidé le cumulus de l'hôtel.

Je me rasai, me brossai deux fois les dents, enfilai mes vêtements neufs. Je dus replier à l'intérieur une bonne longueur de pantalon. Qui me ferait l'ourlet à présent ? Je n'avais plus de voisine. Une petite bruine de parfum à trois sous et hop je dégringolai vers la délicieuse odeur de café.

La ronde et blanche femme de la veille m'accueillit dans la salle du petit déjeuner.

— Vous n'êtes plus le même ! me lança-t-elle avec un sourire radieux. Hier vous sembliez exténué. Thé, chocolat ou café ?

— Café ! Un arrosoir ! Et dix baguettes !

Elle s'éloigna en riant.

— Servez-vous, tout est sur le buffet !

Assez forte, certes, mais j'aurais bien enfoui de bon matin ma tête entre ses deux gros seins. Le car de touristes de la veille déjeunait bruyamment, des plans de Nice dépliés sur les tasses. Des Italiens.

J'avalai trois pains au chocolat, trois brioches aux raisins, une dizaine de tartines beurre confiture et comme je ne pouvais pas plonger ma tête entre les deux beaux seins qui circulaient parmi les tables, avec toutefois un petit mouvement malicieux vers moi (elle m'avait rapporté trois fois du café), je remontai dans ma chambre.

Je donnai un tour de clé et sortis de mon pantalon sale les deux liasses de billets. Je retirai les élastiques et les étalai sur le lit. J'en fis douze petits paquets de dix. Cent vingt billets. Six mille euros… J'en restai muet. Un homme que je n'avais jamais vu, que je ne reverrais sans doute jamais, m'avait donné six mille euros…

Je n'aurais pu dire la couleur de ses yeux, ne connaissais même pas son prénom. Qui était cet étrange protecteur ? Pourquoi m'avait-il baptisé Michel Merle ? Ce nom lui était-il passé par la tête à la seconde où il téléphonait à l'hôtel, comme passerait un merle dans le ciel ? Quel drôle de nom… Allais-je m'en servir longtemps ?

Une phrase me revint alors en mémoire, d'un écrivain que je relis souvent : « Le merle blanc existe. Il est si blanc qu'on ne peut pas le voir. Le merle noir n'est que son ombre… » Jules Renard. J'avais dû dénicher cette perle parmi mille autres dans son Journal, et peut-être même la noter sur l'un des petits carnets qui traînent dans mes poches et autour de mon lit.

En y réfléchissant j'en vins à la conclusion que mon protecteur n'avait pas attrapé par hasard ce « Merle ». Tout ce qu'il m'avait dit la veille en roulant vers Nice pouvait se résumer par cet aphorisme de Jules Renard d'une rare profondeur. Ne m'avait-il pas conseillé de me méfier du blanc autant que du noir ? Il n'y avait pas d'un côté les voyous, de l'autre la police, et le diable était partout. Le merle blanc existait donc. Cet homme aux yeux masqués n'était pas qu'étrange, charmant et généreux, il était d'une redoutable intelligence. N'était-il qu'un truand dangereux, comme j'imaginai Charlie ? Était-il tout simplement un truand malgré les apparences ? Et s'il ne l'était pas ?....

Durant toute la matinée ces questions tournèrent dans ma tête et moi autour du lit. Je m'arrêtais souvent devant la fenêtre et jetais un coup d'œil dans la rue à travers les fins rideaux de coton blanc. On frappa à la porte, une femme me demanda si elle devait faire la chambre, je répondis que non.

Vers midi mon ventre se réveilla. Le quartier devait être criblé de petits restaurants. Je remis dans ma poche les liasses de billets, donnai un tour de clé et descendis.

Mon pied resta suspendu entre deux marches, mon cœur entre deux battements… Le tueur de la veille, celui que j'avais cru mort ou gravement blessé, discutait avec la patronne de l'hôtel près de la porte d'entrée. Aucun doute, je reconnaissais sa puissante stature et son profil de démon. Mon protecteur ne s'était pas trompé, cette créature était indestructible.

Comment le Silencieux était-il arrivé jusqu'à

moi ? Du démon il n'avait pas que le profil. Je sentis mon sang déserter tout mon corps.

Sur la pointe des pieds et à reculons, je remontai les marches. Ne pas remuer le décor…

En trois secondes j'enfouis toutes mes affaires dans le sac et me retrouvai dans le couloir. La moquette assourdissait ma fuite. Pas question d'emprunter l'escalier, je m'engageai dans un labyrinthe de couloirs et aperçus enfin une fenêtre qui donnait sur une cour. Je l'ouvris.

Deux containers et une moto suffisaient à la remplir. Je lançai mon sac, enjambai l'appui, m'accrochai et sautai. Je perdis l'équilibre en touchant le sol et fus projeté contre les poubelles qui se renversèrent. Le bruit se répercuta sur les parois de ce puits.

J'attrapai mon sac, bondis sous un porche, débouchai dans une rue que je ne reconnus pas. L'entrée de l'hôtel devait être de l'autre côté de l'immeuble. À une cinquantaine de mètres sur ma gauche, je vis briller des voitures qui filaient sous la lumière d'une large avenue. Je m'y élançai.

Je courus à perdre haleine entre les voitures et la foule qui avançait, compacte, sur le trottoir jusqu'à ce que ma poitrine soit en feu.

Je fis signe à plusieurs taxis avant que l'un d'eux ne s'arrête. Je m'y engouffrai. « À l'aéroport s'il vous plaît, je suis très en retard ! »

L'homme m'observa dans son rétroviseur. Je suais de la glace fondue.

Depuis la veille, les paroles de l'homme à la Mercedes avaient fait leur chemin. « File en Italie ou plus loin. Disparais. » Le mot aéroport avait surgi comme cède enfin une porte en plein cauchemar, lorsque la mort est à vos trousses.

Le chauffeur connaissait son affaire, il sut louvoyer entre les embouteillages de midi et me déposa quelques minutes plus tard devant l'aéroport Nice-Côte d'Azur.

Je vérifiai qu'aucun véhicule ne nous avait suivis et fonçai sur le premier guichet. Deux merveilleux sourires m'accueillirent. Cela existait donc encore. Petit îlot de lumière dans les sombres territoires de la peur.

— Je voudrais un billet pour l'un des prochains vols, s'il vous plaît.

Les deux jeunes femmes se regardèrent.

— Quelle destination, monsieur ?

— Peu importe, j'ai besoin de vacances. Pas trop loin, je n'ai que ma carte d'identité.

Toujours souriantes mais un peu intriguées, elles tapotèrent sur leur ordinateur.

— Je peux vous proposer une place sur le vol pour Copenhague de 15 h 20, dit l'une.

— Va pour Copenhague.

— Aller simple ? demanda l'autre.

— Le plus simple possible et surtout le plus direct. Copenhague, c'est la Suède ou le Danemark ?

— Danemark, répondirent-elles en chœur, le sourire de plus en plus radieux. Elles me prenaient pour un original.

— J'ai toujours été assez bon en français et un peu juste en histoire-géo, dis-je. Le soir, j'ai du mal à retrouver mon immeuble.

Elles éclatèrent de rire. Je ne pouvais être qu'un original.

— Si vous restez plus d'une semaine, l'aller-retour n'est pas plus cher.

— Si je connais la date du retour, je ne me sens plus en vacances. C'est comme le début d'un grand amour, si on en connaissait déjà la fin…

Elles m'indiquèrent la porte d'embarquement avec dans les yeux presque un début d'amitié. C'est fou ce que les femmes sont belles dans les aéroports, et rassurantes.

Deux heures à attendre. Deux heures à guetter dans ce château de verre où la mort pouvait surgir de chaque escalator.

Avant de quitter la France il fallait absolument que je prévienne Anne. Ces tueurs semblaient prêts à tout pour récupérer cette damnée cassette, prêts peut-être à enlever une enfant. Ils auraient vite fait de connaître l'existence de Julie. Leur efficacité jusque-là avait été démoniaque. Comment avaient-ils découvert cet hôtel si anonyme de Nice ? Avaient-ils suivi le coupé Mercedes ?

J'avais une chance de trouver Anne chez elle entre midi et deux. Je l'appelai d'un Point Phone. Elle s'y trouvait.

— C'est moi, dis-je, écoute-moi bien c'est très important. Je quitte Marseille pour quelque temps, veille sur Julie nuit et jour, ne la laisse jamais seule. Accompagne-la à l'école et…

— Non mais, tu es de plus en plus malade !

m'interrompit-elle. Tu es incapable de t'occuper de ta fille parce que soudain tu écris un roman, et tu me donnes des conseils !....

— Anne, calme-toi, c'est grave. Très grave ! Il ne s'agit pas de surveiller Julie. Il faut que tu veilles sur elle seconde après seconde, ton copain aussi, et vous ne serez pas assez de deux. Des hommes très dangereux me poursuivent, ils peuvent enlever Julie. Ne la laisse jamais seule un instant, même pas dans ton jardin, tu m'entends ! Faites-vous accompagner pour aller et revenir de l'école, et dès que vous êtes rentrées enfermez-vous à double tour. Ton copain a une arme ?....

— Non, mais tu délires, mon pauvre Pierre ! Tu es jaloux ou tu as vraiment besoin d'un psychiatre ?

— Anne... Je ne suis ni jaloux ni persécuté. Des tueurs veulent ma peau, ils sont persuadés que je possède quelque chose. Je pense à notre fille. Ce qui m'arrive me dépasse, je n'écris pas un roman, je le vis. Je vis un roman plus noir que noir.

— Tu as des dettes de jeu ?

— C'est plus grave que ça, Anne, beaucoup plus grave !

Il y eut un silence. Je crus entendre son souffle. Ce souffle avait caressé ma peau pendant des années.

— Anne, je ne peux pas t'expliquer, tu es peut-être déjà sur écoutes, c'est une affaire qui nous dépasse tous. Je ne sais même pas à qui j'ai affaire. Ne t'occupe que de Julie, c'est une question de vie ou de mort ! À la moindre alerte quitte tout, pars avec elle à l'étranger.

— Pierre, où es-tu ? Tu me fais peur !

— Tant mieux, tant que tu auras peur tu surveilleras Julie comme le lait sur le feu. Il y a le feu, Anne !

— Mais il faut tout de suite prévenir la police ! Si Julie est en danger, j'appelle la police !

— Anne, ça ne servirait à rien, je crois que c'est une affaire d'État. Protège ta fille comme une louve et ne compte que sur toi.

Je n'entendis plus que son souffle. J'étais sûr qu'elle avait compris.

Je ne me sentis à peu près tranquille qu'une fois installé dans l'avion, ceinture de sécurité bouclée. Une trentaine de lolitas blondes et bleues, en tee-shirt, envahirent l'appareil. Leurs éclats de rire et leurs jeunes poitrines tendues vers les coffres à bagages au-dessus de leurs têtes achevèrent de me calmer.

J'étais écrasé entre un Asiatique plus gras qu'un sumo et une agréable rousse à la trentaine potelée. Tous deux s'exprimèrent en anglais lorsqu'une hôtesse poussant un chariot nous proposa un repas froid servi sur un plateau. Je dévorai le mien : rôti de porc ratatouille et pour dessert un Ferrero Rocher.

Je prends l'avion trop peu souvent pour ne pas avoir peur. Pour la première fois je n'eus pas peur. En plein ciel il ne pouvait rien m'arriver. Si quelqu'un m'avait suivi jusque-là, il attendrait les mille recoins de la terre pour tremper ses doigts dans mon sang. J'avais dévisagé chaque passager, le Silencieux n'était pas de ce vol. J'aurais reconnu son allure simiesque à un kilomètre par une nuit sans lune.

Même lorsque l'avion sauta en traversant l'épaisse laine des nuages, je demeurai calme. Le ciel était trop vaste pour un tout petit crime. Des troupeaux blancs couraient vers le nord.

Dès son repas fini, le sumo se mit à jouer au golf. Il joignit ses deux mains et, les yeux fermés afin de mieux visualiser son geste, il exécuta le mouvement rond du joueur qui frappe la balle. Jusqu'à Copenhague, paupières closes, il peaufina son swing. À chaque passage, ses deux grosses mains frôlaient mon visage. Plaqué contre mon siège j'en recevais le courant d'air.

Je me tournai donc discrètement vers ma voisine de droite côté hublot, et lui demandai dans mon piètre anglais si elle ne voulait pas faire quelques trous avec lui. Elle ne comprit pas ma question et me répondit qu'elle allait passer quelques jours au Danemark avant de s'envoler pour Pékin. « Je suis Irlandaise du Nord, ajouta-t-elle, l'avion me terrorise. »

Elle eut très peur en effet lorsque l'avion rebondit sur la piste d'atterrissage. Elle attrapa mon bras, le griffa, s'excusa. Une seconde, je faillis lui dire : « Je viens à Pékin, vous me grifferez le bras tant que vous voudrez. » Je ne le dis pas. Je ne connaissais pas le mot « griffer » en anglais. Le destin tient parfois à une virgule.

Adieu muraille de Chine et rousse griffeuse. Je me contentai d'aller changer en couronnes deux mille euros dans le hall de l'aéroport. J'aperçus l'office du tourisme et, dans un anglais toujours aussi rachitique, je demandai s'il était possible de louer quelque chose durant un mois ou deux. On m'indiqua tout à côté l'agence Novasol.

Chez Novasol, on parlait un peu français. Désirais-je un studio au cœur de Copenhague ou une résidence plus champêtre ? La ville j'en venais, Marseille et Nice m'avaient plutôt secoué. Champêtre, dis-je. Je devais me reposer ; rivières, petits lapins, forêts. Ils avaient exactement ce que je cherchais. Une adorable petite maison de bois sur l'île de Falster, à cent mètres de la mer, sous les arbres.

— Quelle mer ?

— La Baltique, monsieur. Les Allemands raffolent de ce coin. C'est le bout du monde. Ils viennent de Hambourg, de Berlin… Vous avez de la chance, la saison se termine, c'est beaucoup moins cher.

On déplia la carte du Danemark et ils me montrèrent le petit village de Gedesby, à une heure et demie de train. La maison était verte, plutôt isolée, je trouverais la clé dans la boîte aux lettres jaune de la supérette. Voilà. Je signai tout ce que l'on me présenta, payai. Quelques instants plus tard je filais vers l'ultime pointe sud de ce pays où tout est en couleur, comme un livre d'enfant.

Il faisait nuit depuis une bonne heure lorsque j'arrivai à Gedesby. La clé était bien dans la boîte aux lettres jaune, mais je me perdis plusieurs fois dans des sentiers sableux avant d'apercevoir la maisonnette.

Seule la lune à travers les pins éclairait ce chalet de rondins, finlandais ou norvégien, semblable à celui où j'avais été invité un jour dans les Alpes. Tellement plus minuscule celui-ci.

J'entrai. La lumière électrique éclaira un bois blond et doux du sol au plafond. Un salon avec table, divan, coin-cuisine et deux chambrettes jumelles. Entre les deux une salle de bains, toute blonde elle aussi. Un beau poêle en fonte suffisait à chauffer cette cabane de luxe.

Je trouvai des bûches sous un appentis derrière la maison. Sans attendre, je le fis ronfler. Je préparai du café, donnai un tour de clé, éteignis la lumière et m'installai dans un fauteuil face au ventre du poêle grand ouvert. Ici l'été avait fui vers le sud, il me faudrait acheter des pulls.

C'est en tenant dans mes mains un bol bouillant qu'au milieu de la nuit, à la clarté des flammes, j'eus pour la première fois depuis de longs mois une puissante et soudaine envie d'écrire. Un immense désir de poser sur mes genoux un cahier et lentement, mot après mot, de dessiner les peurs et les joies d'une vie. Depuis des jours je connaissais la peur. Là, seul parmi les flammes qui dansaient sur le bois blond, je me sentis heureux. Heureux dans un pays inconnu, une forêt inconnue, une cabane inconnue. Perdu au bout du monde et étrangement léger, étonnamment libre.

Je dénichai sur une étagère ce que je cherchais, non pas un beau stylo plume comme le mien, un simple crayon et un carnet neuf. Je remplis mon bol de café et sur mes genoux je commençai à écrire cette hallucinante histoire, en proie à une exaltation rare.

Les heures filèrent. J'entendais ronfler le poêle et peut-être, plus loin, bien au-delà des arbres, les grondements plus sourds de la mer. De temps en temps je jetais trois bûches dans les braises et mon carnet vibrait de lueurs et de mots.

Quand je levai les yeux, je vis à travers les vitres que le ciel était vert et rouge, seuls les pins demeuraient encore noirs.

Je posai mon carnet et courus vers la plage. Je sortis de la forêt à l'instant où le soleil surgissait de la mer Baltique. Ma gorge se serra. J'aurais tant voulu partager cet instant avec ma fille. Quelque part tout là-bas où la brume et la mer s'embrasaient, il devait y avoir la Russie, la Pologne et tous les pays Baltes.

Je revins vers le petit chalet, si vert maintenant sous la lumière du Nord. Je bourrai le poêle, tirai les rideaux de l'une des deux chambres et m'endormis en écoutant craquer la forêt et les murs de rondins touchés par les premiers rayons.

Le cri rauque des corbeaux me réveilla. Je les entendais sautiller autour de la maison. Intrigués, ils venaient sans doute voir quelle espèce d'étranger faisait fumer la cheminée. Il était trois heures de l'après-midi. Le feu était éteint mais le poêle restait chaud. Je pris une longue douche, enfilai des vêtements neufs, trouvai dans un placard un paquet de biscuits et sortis. Les corbeaux s'envolèrent en m'insultant.

Sous un ciel gris et venteux, la plage courait à perte de vue vers le nord et le sud. Je choisis le sud. Je pris un vif plaisir à marcher sur cette langue de sable humide, durcie et lissée par les vagues, festonnée d'algues sombres.

Entre deux nuages le soleil faisait étinceler le bronze de la mer. L'air était froid, pur, je dévorai tout le paquet de biscuits.

La plage était bordée d'églantines sauvages et de pommiers. Derrière on devinait des champs. Je m'arrêtai pour observer le vol triangulaire d'oiseaux qui filaient vers le sud. Sans doute des oies grises comme dans *Le Merveilleux Voyage de Nils Holgersson* de Selma Lagerlöf, que ma mère me lisait chaque fois que je tombais malade et que j'aurais pu réciter par cœur, comme *Sans famille.*

Elles fonçaient vers la lumière et la chaleur. J'étais venu me réfugier sous les ciels bas du Nord.

Après une grosse heure de marche j'atteignis un phare, dernière sentinelle de l'île de Falster, point ultime au sud du Danemark.

C'est en trempant mes mains dans la mer que j'aperçus, à la limite du sable et de l'écume, une énorme pierre rousse où était gravé le chiffre 52. Que signifiait ce chiffre ? Atteindrais-je cet âge ? Neuf ans à tenir au milieu des périls qui soudain me guettaient. Un bel âge finalement.

J'observais ce détroit et la ligne noire de l'horizon. À deux mille kilomètres d'ici ma fille sortait de l'école.

Je décidai de rentrer par l'intérieur des terres. Je traversai d'abord d'immenses champs de betteraves avant de pénétrer dans la forêt. Le long des sentiers, je découvris des dizaines de chalets semblables au mien, tous peints de couleurs vives. Il y en avait des bleus, des jaunes, des orangés, des rouge et blanc, tous plus féeriques et minuscules les uns que les autres sous des pins et des hêtres géants. À croire que cette forêt était habitée par des nains, des elfes ou des enfants. Était-elle seulement habitée ? Je n'avais encore croisé personne sur ces chemins et les maisons de bois paraissaient toutes fermées.

On avançait en écartant les églantines pourpres dans une puissante odeur de menthe. J'entrevoyais au loin, entre les arbres, l'église blanche du village et un moulin à vent.

À la supérette j'achetai du pain, des pommes, de la confiture, du café et une énorme tranche de bœuf. Pour la première fois depuis que j'avais quitté la maison familiale, je vivais avec un argent que je n'avais pas gagné. Tout était si étrange soudain, les paysages, les sensations, cette cascade d'événements que je n'avais pas choisis.

Je rentrai avec les dernières lueurs du jour, me barricadai, bourrai le poêle et fis griller sur la fonte brûlante ma tranche de bœuf. Je la dévorai et préparai du café pour la nuit. Comme la veille je m'installai devant la gueule crépitante du poêle et, avec une ardeur tout aussi frénétique, je me remis à noircir les pages de ce nouveau carnet.

Vers le milieu de la nuit, je crus entendre du bruit autour de la maison. Je me levai, collai mon front contre l'une des vitres. Le spectacle me bouleversa : un couple de daims dansait sous la lune. Si Julie voyait ça…, pensai-je.

Comment dire tant de beauté, d'élégance, d'éternité ? Raconter ces instants de grâce à Julie. Écrire pour elle maintenant me suffisait. Il y a belle lurette que je ne croyais plus à l'immortalité de nos œuvres. Les plus grandes n'atteindraient pas l'âge des Pyramides. Les granits les plus indestructibles, les océans, chacun de nos mots, nous tous dériverions un jour sous forme de gaz à travers le prochain système solaire.

Je repris mon carnet, mon crayon. Dire simplement à Julie que son père une nuit sous la lune avait vu danser les daims. J'écrivis jusqu'à ce que le soleil allume sur les vitres mille petites fleurs de givre.

Dès le lendemain et les jours suivants, je repartis à travers champs de betteraves, plages battues par le vent et sentiers d'églantines.

Je filais d'abord jusqu'au phare, sur cette pointe ultime du Danemark. Là, j'observais longuement et parfois caressais la belle pierre rousse sur laquelle était gravé le chiffre 52. Je l'avais baptisée « la pierre du Sud ». Elle me protégeait. Sur ces chemins et sur ces plages, à chaque pas j'abandonnais ma peur.

L'après-midi, j'allais m'asseoir sur les quais du petit port de Gedser, à un kilomètre de là. Pendant des heures je regardais les ferries Scandlines arriver et repartir vers des villes allemandes. Avant d'entrer dans la rade, leur proue se soulevait telle une énorme gueule de requin. Dès qu'ils touchaient le quai un flot de voitures, de camions et de bus en sortait et fonçait vers le nord.

Entre deux ferries on ne voyait personne, ni

douane, ni pêcheurs, ni marins. Je restais seul dans ce port fantôme. Très loin dans la mer, des éoliennes agitaient leurs bras comme des nageurs à la dérive. J'étais venu me perdre au pays du vent.

Un après-midi en traversant des champs, je vis un homme qui faisait des gestes étranges au-dessus de sa tête. En m'approchant j'aperçus un filet tendu entre deux mâts dans toute la largeur de la prairie. L'homme était en train de libérer un oiseau pris dans les mailles. Il me fit signe de ne pas avancer. Il travailla avec beaucoup de délicatesse puis vint vers moi, l'oiseau dans son poing.

— Excusez-moi, me dit-il, il était déjà tellement effrayé.

Comment avait-il deviné que j'étais français ?

— C'est un pivert, poursuivit-il, vert comme ses plumes et regardez la longueur du bec. Je ne suis pas chasseur, je suis ornithologue. Vous êtes en vacances dans une maison d'été ?

— Dans un petit chalet, là-bas dans la forêt.

— Ici nous les appelons des maisons d'été.

Pendant qu'il me parlait, l'homme bagua l'une des pattes de l'oiseau puis ouvrit sa main. Le pivert battit des ailes maladroitement et disparut dans les pommiers.

— Ils passent tous par ici et filent vers le sud. Parfois quelqu'un me téléphone ou m'écrit et nous savons à peu près la destination de chaque espèce. Celui-ci va passer l'hiver au chaud, à l'ouest de Madrid. Les gens qui appellent sont rares.

Un autre oiseau percuta le filet et se débattit en sifflant de terreur.

– J'y vais avant qu'il ne se blesse, j'ai été heureux de parler français, c'est une langue qui se perd, ici. Il n'y a plus que l'anglais et l'allemand à cause des devises.

Je m'éloignai pour ne pas le déranger.

Je fis un détour par le village, comme chaque soir pour acheter mon repas. Je bus une bière à la terrasse du bistrot en écrivant une carte postale à Julie. Je lui racontai les ferries, les moulins, le vent et la danse sous la lune du couple de daims. Je lui parlai de l'homme qui lançait les oiseaux vers le sud et des petites maisons rouges, vertes, jaunes et bleues. Par prudence, je ne la postai pas. J'aurais aimé entendre sa voix, son rire, le mot papa. L'appeler aussi serait une folie.

Que lui avait dit Anne pour expliquer mon départ précipité et la surveillance inquiète dont elle devait l'entourer jour et nuit ? Comment savoir ce qui se passait à Marseille ? Charlie avait-il survécu après avoir perdu tout ce sang ? Et le Silencieux, était-il toujours à mes trousses ? Quand pourrais-je de nouveau serrer Julie dans mes bras et lui lire des histoires le soir sur notre divan, sa tête posée sur ma cuisse, ses yeux dans les miens ?

Un soir, en rentrant chez moi, j'aperçus une vieille femme qui sciait du bois devant sa porte. Les bûches semblaient dures pour ses vieux bras, chaque geste était lent.

Pour ne pas l'effrayer, je lui dis bonsoir de loin. Elle se retourna et me dit quelque chose en danois qui devait signifier : « Si c'est pas malheureux à mon âge. » Elle hochait la tête et me parlait comme à un voisin que l'on connaît depuis des lustres.

Je calai une grosse branche sur le chevalet et lui demandai la scie. Le bois embaumait. Je pris du plaisir à sentir les dents mordre et les bûches dégringoler les unes sur les autres avec un bruit mat. Elle s'était mise à rire. Plus le tas montait, plus elle riait.

Au bout d'un moment elle me tira par le bras, ces bûches lui suffisaient, elle n'en voulait pas plus. Elle m'entraîna dans sa petite maison jaune et me fit signe de m'asseoir sur une chaise de la cuisine.

Tout en m'observant et sans cesser de rire, elle nous prépara du café, posa sur la table une assiette de biscuits, du sucre, de fines tasses blanches, et s'installa près de moi.

Elle avait un beau visage rond et plissé de vieille pomme oubliée dans un arbre et des yeux d'enfant lumineux, rieurs et doux.

Elle me montra une photo fixée sur le frigidaire. Un homme aux longs cheveux blancs. Sans doute son mari. Elle ferma ses paupières et appuya sa tête sur ses mains jointes. Je crus qu'il dormait dans la chambre voisine. Elle écarta ses mains et me regarda tristement. Je compris qu'il était mort.

Elle posa son doigt sur une autre photo. Un homme, jeune celui-ci, charmant, avec un chapeau blanc et un sourire d'acteur. « Lars », prononça-t-elle avec douceur, « Lars… ». Elle berça sur son cœur un bébé imaginaire.

« Maman ? » dis-je, la désignant. Elle acquiesça, ravie. « Maman », répéta-t-elle. « Lars… »

Elle me fit comprendre qu'il était parti loin, très loin, et qu'elle restait seule dans cette cuisine. Elle disparut un instant et revint avec une cassette qu'elle glissa dans le lecteur d'une radio posée sur un tabouret. Elle nous resservit du café, appuya sur le bouton de lecture, et j'entendis des violons prendre lentement possession de la petite maison de bois.

Assise près de moi, ses yeux plongés dans les miens, elle écoutait intensément. « Carl Nielsen », articula-t-elle.

C'était une symphonie mélancolique, ample et sombre. « Carl Nielsen », répéta-t-elle avec dévotion. Ses yeux étaient émerveillés.

Elle se leva, alla chercher un violon et me montra à nouveau l'homme aux longs cheveux blancs. Je compris que son mari avait été violoniste. Elle en était bouleversée.

Nous écoutâmes jusqu'à la fin la belle et triste symphonie. La nuit s'était refermée sur la maison et nous ne bougions pas. Elle avait posé une main sur mon genou et me regardait avec une telle tendresse que j'eus la sensation d'être dans la cuisine de ma mère, lorsqu'elle s'était retrouvée seule durant les dernières années de sa vie. Elles avaient le même regard affectueux, profond et doux. Ma mère aussi me servait le café sur la toile cirée de la cuisine et nous restions de longs moments silencieux à attendre la nuit.

Je revins les jours suivants. Couper du bois me plaisait, sentir mes muscles durcir dans une chaude odeur de sciure. Je construisais un petit mur de bûches autour de sa maison et cela m'évitait de tourner en rond des jours entiers dans les champs de betteraves. J'avais un but, cette vieille femme qui aurait pu être ma mère se chaufferait tout l'hiver.

Chaque soir, nous partagions une soupe ou un ragoût en écoutant la symphonie de Carl Nielsen. Une nuit cette vie paisible s'interrompit.

J'étais en train d'écrire sur mes genoux devant le poêle lorsque je crus entendre un bruit dehors. Je pensai que c'était le couple de daims, ils étaient revenus deux fois danser autour de la maison.

Je me levai et collai mon visage contre la vitre. Une voiture sombre s'avançait lentement, tous feux éteints, sur le chemin éclairé par la lune. C'était la première fois que quelqu'un venait jusque-là, le chemin n'allait pas plus loin. Pourquoi tous feux éteints ?

Je m'empressai de fermer la porte du poêle afin que la lueur des flammes ne me trahisse pas. La voiture s'immobilisa à une cinquantaine de mètres. Deux hommes en sortirent sans faire claquer les portières. Ça ne pouvait pas être des braconniers, je ne voyais pas de fusils. Ils étaient là pour moi.

Je me précipitai sur mon sac, y jetai le carnet, les deux chemises que j'avais étendues près du poêle et, par la porte de derrière, sur la pointe des pieds, je quittai la maison et m'enfonçai dans les fourrés.

Je mis mon sac en bandoulière et, jambes à mon cou, fonçai vers la plage. Je descendis au ras des vagues, là où je savais le sable dur. Sans réfléchir, je m'élançai vers le sud.

Je courus à perdre haleine sur un bon kilomètre avant de me retourner. La plage était déserte. Je suffoquais. Mes vêtements étaient trempés de sueur.

Je marchai quelques minutes pour reprendre mon souffle puis me remis à courir. C'est alors que j'aperçus le ferry. Tous feux allumés, il glissait sur l'eau noire vers le port de Gedser. Je l'avais observé assez souvent pour savoir qu'il y serait dans une quinzaine de minutes et y resterait une heure pile, le temps du débarquement et de l'embarquement. Six bons kilomètres me séparaient du port. J'accélérai ma course.

Je fus obligé de m'arrêter quelques instants plus tard. Je fis une centaine de mètres plié en deux, la poitrine et la gorge brûlante.

Bien avant le phare je coupai à travers champs. Je suivis la lisière de la forêt afin qu'on ne me repère pas sur ces vastes étendues blêmes.

Le ferry avait accosté. Pyramide de lumière surgie du port.

Enfin je débouchai sur les quais. Dégoulinant de la tête aux pieds, je m'écroulai derrière un container.

Il était minuit et demi. J'avais une demi-heure pour embarquer. Une longue file de voitures et de camions commençait à entrer dans le ventre du navire. Pas très loin de moi sous le violent éclairage d'un projecteur, quelques retardataires achetaient leur billet à la caisse de la compagnie Scandlines. Devais-je faire comme eux ? Impossible, les deux hommes avaient dû s'apercevoir de ma fuite, ils devaient me guetter, tapis dans l'ombre comme moi.

J'étais condamné à monter à bord sans billet. Retrouver mon souffle et me glisser sous la bâche de l'un de ces camions.

D'un container à l'autre, je progressai prudemment vers la file de véhicules. Des hommes en uniforme de marin agitaient leurs bras pour diriger les manœuvres d'embarquement. Comment échapper au regard de tous ces chauffeurs de poids lourds ?

Je remarquai un énorme engin à chenilles perché sur la plate-forme d'un camion, un peu à l'écart des autres. On le faisait attendre là sans doute à cause de sa taille.

Je m'en approchai le plus possible, vérifiai que personne ne regardait par là et en trois bonds sautai avec mon sac sur la plate-forme. Je me glissai entre les deux chenilles géantes.

Le cœur battant j'attendis. Des cris et des appels éclataient aux quatre coins du port. À une heure moins cinq le camion s'ébranla, je commençais à penser que nous ne ferions pas partie du voyage. Le monstre de fer vibra au-dessus de ma tête. Nous entrions dans le corps du navire.

Pendant un moment, j'entendis des voix d'hommes résonner contre la coque du ferry. Lentement le silence se fit. Nous avions pris la mer. Tout le monde avait quitté le garage et gagné les ponts supérieurs.

Je sortis de ma cachette et fis le tour de cette immense grotte de métal. Y avait-il un camion français qui me tirerait de là et me ferait faire un bout de chemin ? Il y en avait trois, dont un immatriculé dans le Vaucluse. Un semi-frigorifique flambant neuf « Transports Léon Léon.

Provence Fruits ». De magnifiques pêches, cerises, abricots et melons illustraient l'inscription.

Un marin pouvait passer et me découvrir, rôdant comme un voleur dans la pénombre. Je trouvai des toilettes, savonnai mon visage, mes mains et me dirigeai vers le bar du ferry où je commandai un double café.

Comment ces hommes avaient-ils retrouvé ma trace dans cette forêt perdue du Danemark ? Sans doute grâce à mon nom inscrit sur le billet d'avion puis sur le contrat que j'avais signé à l'agence Novasol. Seule la police pouvait obtenir tous ces renseignements. Quel acharnement, quel déploiement d'énergie. Une fois de plus cela prouvait l'énormité de l'affaire. Que s'apprêtaient à faire de moi ces deux silhouettes sombres sorties de la nuit ? Pourquoi n'étaient-ils pas venus m'arrêter dans la journée ? Mes poils se dressèrent. Étaient-ils prêts à me torturer pour récupérer la cassette ?

Deux heures plus tard un micro annonça le port de Rostock. Les propriétaires des véhicules étaient priés de rejoindre le garage. Je suivis le mouvement.

Le chauffeur du semi était un homme de ma taille et de mon âge environ, avec un léger ventre que je n'avais pas encore.

– Excusez-moi, j'ai vu votre numéro tout à l'heure, je suis marseillais, ça vous ennuierait de me faire faire un bout de chemin ?

– On n'a pas le droit de prendre des stoppeurs, lança-t-il froidement, grimpant dans sa cabine.

– Je ne suis pas stoppeur, m'empressai-je d'ajouter avant qu'il ne me claque au nez sa lourde portière. J'ai quitté le Danemark sur un coup de tête, je me retrouve à trois heures du matin dans un port inconnu. Avancez-moi un peu, quand il fera jour je prendrai un train.

Il me scrutait de la tête aux pieds. Autour les moteurs commençaient à ronfler.

— Qu'est-ce que vous avez dans votre sac ?

— Trois affaires de toilette, deux chemises…

— Pas un seul gramme de drogue, pas de contrebande ?

— Absolument rien.

— Vous êtes de quel quartier ?

— J'habite place aux Huiles mais je suis de Château-Gombert, dans le treizième.

— Montez.

La cabine était peuplée de petits bonshommes confectionnés avec des paquets de Marlboro. Têtes, bras, jambes, tous étaient rouge et blanc. Il y en avait partout, collés sur le tableau de bord ou suspendus au plafond.

— Vous fumez beaucoup.

— Je me suis arrêté, maintenant je les collectionne.

— Moi aussi je me suis arrêté. Vous mettez combien de temps pour descendre dans le Sud ?

— On pourrait y être en vingt-quatre heures, on est obligé d'en mettre le double, il y a des contrôles partout. Deux jours à se traîner sur le grand ruban.

Le port de Rostock étincelait sous la pluie. Nous traversâmes des docks, des chantiers navals, d'étranges bâtiments qui devaient être des conserveries. Heureusement que je ne m'étais pas retrouvé seul entre ces grues, trempé, mon sac à la main.

Un quart d'heure plus tard nous roulions sur le grand ruban.

– Si vous voulez vous allonger sur la couchette, je vous réveillerai quand j'aurai besoin d'un petit roupillon.

Je ne me le fis pas dire deux fois. Je retirai mes chaussures les yeux déjà fermés et basculai dans l'autre monde. Pour quelques heures au moins les petits pantins rouge et blanc me protégeraient. Je n'avais pas voulu me l'avouer, mais depuis quelques jours Julie me manquait cruellement. Je roulais peut-être vers la mort ; je me rapprochais d'elle.

Le moteur s'arrêta de tourner. J'ouvris les yeux, me redressai. Nous étions sur le parking d'une aire de repos. Le ciel était bas, il faisait jour.

– Si je ne m'étais pas arrêté, vous dormiez jusqu'à Cavaillon. J'ai le coup de pompe.

– Où sommes-nous ?

– Au cœur de l'Allemagne.

– Je vous offre un solide petit déjeuner, proposai-je, m'extirpant de la couchette. Après vous me remplacerez ici, on dort mieux qu'à l'hôtel dans votre carrosse.

Une trentaine de poids lourds étaient garés en épi, beaucoup d'Espagnols. Les chauffeurs allaient faire un brin de toilette, buvaient un café, rangeaient leur cabine. La pluie avait cessé, une bise dure déchirait les nuages et les jetait en lambeaux par-dessus la forêt. Dire que cette aventure impitoyable avait commencé sous la plaque de four de ma toiture, durant l'été le plus brûlant de ma vie.

— Qu'est-ce qui vous est arrivé au Danemark ? me demanda-t-il lorsque nous fûmes installés au restaurant. Vous sembliez poursuivi par une meute de loups ou de maris jaloux.

— Ni l'un ni l'autre. Je comptais me reposer un mois, je n'ai pas tenu le coup. Hier soir ma fille me manquait tellement que j'ai sauté dans le premier ferry.

Je ne pouvais pas lui raconter la vérité, il m'aurait pris pour un fou.

— Moi aussi ils me manquent. Je les ai tous les quinze jours.

— Divorcé ?

— Ma femme s'est barrée avec un prof de philo. Les petits avaient trois et cinq ans. Avant je ne faisais que du national, maintenant je vois du pays. Je peux pas rester seul chez moi. Chez moi c'est ici, sur la route, dans ma cabine. Les petits bonshommes Marlboro je les fabrique avec mes enfants. C'est moi qui deviens philosophe.

— Moi aussi je suis divorcé, mais je n'ai même pas de camion.

Il éclata de rire.

— Qu'est-ce que tu fais comme métier ?

Soudain il me tutoyait. J'étais comme lui, du Sud, divorcé, et nous pensions tous les deux à nos enfants.

— J'écris des romans, j'invente des histoires.

Il eut l'air impressionné.

— Quel genre d'histoires ?

— Des histoires d'hommes traqués. On vit comment sur la route ? Tu prends tous tes repas au restaurant ?

— C'est devenu trop cher, on mange dans les cabines.

— Dépose-moi près d'une ville, je prendrai le train.

— Tu rigoles, je te descends jusqu'en bas ! Et on se regarde ensemble l'OM-Porto !

J'allai acheter deux magazines et reprendre un café pendant qu'il se tapait son petit roupillon. On rencontre des types bien sur la route.

Nous fîmes donc la route ensemble. À tour de rôle nous plongions dans la couchette, le reste du temps nous bavardions, je l'invitais au restaurant. Il n'en voulait ni à sa femme ni au prof de philo, tout était sa faute, il aurait dû être chez lui plus souvent.

Juste avant Lyon, on regarda ensemble OM-Porto dans un self. Nous remontâmes abattus dans le camion. Sans commentaires. Notre équipe venait de prendre sept buts en deux matchs.

Le lendemain matin il stoppa au bord de la route, à la sortie de Cavaillon.

— Ma société est juste après le rond-point, je suis obligé de te lâcher là. Tu files directement sur Marseille ?

— La campagne est jolie par ici, je vais peut-être me balader un peu aux alentours, dormir dans un hôtel et je rentrerai demain. Je me sens déjà chez moi ici, ma fille n'est pas loin.

— Si tu n'es pas pressé je vais te donner une

bonne adresse, des petits bungalows tranquilles comme tout en pleine colline. Mes amis y vont de temps en temps avec une copine, discret, pas très cher. Au panneau tu prends la première à droite, direction Cheval-Blanc. Tu fais cinq cents mètres environ, tu peux pas les louper.

— Il ne me manque que la copine.

Il éclata de rire en me tendant la main.

La matinée était limpide. Comme toujours après Valence nous avions retrouvé le ciel bleu. Je louai un bungalow pour une nuit. Du moment que je payais on ne me demanda rien. « Numéro 7, me dit le gardien à l'accueil, tout au bout du chemin dans la petite clairière. S'il ne vous convient pas je vous en ferai visiter un autre, ils sont presque tous libres en cette saison. »

Il me convenait. Frigo, téléphone, jolie salle de bains. Pas aussi adorable que mon petit chalet danois, certes, paisible, propre et confortable, sous des pins, ô miracle, qui n'avaient pas encore brûlé. Une bonne planque pour attendre quelques jours. Attendre quoi ?.... Je ne pouvais pas passer ma vie à sauter d'une cabane à l'autre, comme les cochons d'Inde des kermesses laïques de nos enfances. La liasse de billets se faisait transparente au fond de ma poche. Que ferais-je d'ici une semaine, dix jours au plus ?

J'ouvris en grand la fenêtre de la chambre et celle de la salle de bains. L'air sentait le feu de broussaille et le frais labour. Je décidai d'appeler l'homme au coupé Mercedes. Il y avait peut-être du nouveau à Marseille, lui seul pouvait me conseiller, m'aider encore un peu.

Je fis le zéro puis son numéro. Il était sur messagerie. « C'est moi, dis-je, l'ami de Charlie. Si on pouvait se voir… J'arrive du Danemark. Je suis dans une résidence de bungalows, à un petit kilomètre de Cavaillon, sur la route de Cheval-Blanc, au numéro 7. Je suis désolé, vraiment désolé. Il n'y a que vous… »

Je raccrochai, pris une bonne douche, changeai de vêtements. Heureusement que j'avais acheté quelques pulls, tricots et chaussettes dans le petit village de Gedesby.

Je sortis et grimpai droit devant moi à travers les pins. J'avais besoin de marcher, de respirer. Deux jours dans un camion avaient endolori mes jambes. Je me mis à siffloter afin qu'on ne me prenne pas pour un lièvre ou un sanglier. Des chasseurs avaient tiré pas très loin dans la colline, j'entendais encore les chiens japper.

Pendant une bonne heure je marchai à travers bois, les yeux rivés sur le bord du chemin à l'affût de quelque beau pinin. J'aurais aimé m'enfoncer dans les fourrés, à travers genêts et bruyères, mais avec tous ces chasseurs… Je me contentai d'avancer en sifflotant ; je dévorai une belle grappe de raisin au bord d'une vigne rouge.

Le soleil était solide quand je revins. Autour du bungalow la rosée avait disparu. Octobre comme je l'aime, bleu vif.

Je n'eus pas le temps d'ouvrir la porte entièrement. Une main agrippa ma chemise, m'arracha du sol et me projeta contre le mur. Je basculai par-dessus la table et m'écrasai sur le plancher. Avant même que j'aie pu relever la tête, je reçus dans le ventre un coup de pied qui se répercuta jusque dans mon cerveau. Un autre coup plus féroce me déchira les reins. Je voulus crier, aucun son ne parvint à mes lèvres. Une mâchoire de fer broyait mes côtes. Suffocant, je tentai de me glisser sous le lit. L'énergumène m'empoigna par les cheveux, me traîna à travers la chambre, me décolla presque la tête en me redressant et me cloua sur la chaise.

— Cette fois je te tiens ! grogna-t-il.

J'entrouvris les paupières. Le visage horrible du démon était à dix centimètres du mien.

— Essaie de me casser quelque chose sur la tête ! Bouge le petit doigt et je te sors les tripes avec mes mains ! Un mois que je te cours après ! Un mois que tu fais le malin ! C'est fini, tu t'arrêtes ici !

Ses petits yeux flambaient de rage cruelle. Je tentai d'avaler un peu d'air. La cage d'acier écrasait toujours ma poitrine.

— Je t'avais donné cinq secondes pour me dire où était la cassette. Je suis généreux, je t'en donne cinq autres. Si à cinq je n'ai pas ce que je veux, j'éparpille ta cervelle aux quatre coins de la pièce.

Il tira de sa ceinture un énorme revolver qu'il me planta dans l'oreille. Cette fois je ne pouvais rien tenter. Je n'étais qu'une mouche blessée entre les pattes d'un tigre. J'allais mourir pour rien dans ce bungalow. J'allais mourir sans avoir revu ma fille. La terreur effaça toute douleur.

— Vous..., articulai-je, au Da-ne-mark ?

— Qui d'autre ? On t'a vu monter sur le bateau, on a filé le camion jusqu'ici. Je savais qu'à un moment je te coincerais seul. Alors ? Elle est où ?

— Disparue.

— Tant pis pour toi, cinq secondes ! Un !.... Deux !.... Trois !....

Il enfonça un peu plus le canon dans mon oreille.

— Je vous le jure ! hurlai-je. Elle a...

— Quatre !....

Je fermai les yeux, me recroquevillai. Je dus brailler. La détonation traversa tout mon corps, déchiquetant mes nerfs. Je m'écroulai.

Il me sembla que je n'étais pas tout à fait mort. La douleur devait être telle que je ne la sentais pas. Mon tueur s'était couché sur moi.

Nous demeurâmes un moment dans cette position. Je priai pour que ça ne dure pas.

Soudain il s'écarta. J'entrevis, penché sur moi, le visage d'un autre homme.

— C'est moi, dit-il, ça va aller.

Je crus reconnaître l'ami de Charlie.

Il empoigna et souleva le corps massif qui m'écrasait, le fit basculer sur le côté.

— C'est fini, il a son compte.

Je ne comprenais pas ce qui m'arrivait. Le Silencieux avait tiré et c'était lui qui était inerte. Il gisait sur le dos, un trou rond au milieu du front.

— Comment ? balbutiai-je.

— Je suis entré sans bruit par la fenêtre de la salle de bains. J'ai tiré une demi-seconde avant lui.

Je m'aperçus alors que je tremblais de la tête aux pieds et que j'étais trempé. Je m'étais pissé dessus. Mes nerfs lâchèrent et je me mis à sangloter comme un bébé.

Il prit mes épaules dans ses mains.

— Calme-toi, c'est fini. Tu ne risques plus rien, il est mort.

— Mort ?

— Je t'avoue qu'à la seconde où j'ai tiré je me suis demandé si la balle aurait assez de puissance pour perforer son crâne de bison. On va attendre l'autre. Tout va bien se passer.

— Quel autre ?

— L'autre assassin, dans la bagnole, en bas.

— Un autre assassin ?....

Ce nouveau danger me calma d'un coup.

— Dès que j'ai eu ton message j'ai sauté sur la 900 et j'ai foncé. J'ai trouvé facilement. Quand je suis arrivé, j'ai aperçu la BM grise au bord de la route avec un gus au volant. J'ai tout de suite compris que tu n'étais pas seul. Je suis allé me garer trois cents mètres plus loin sous les arbres et j'ai coupé par la colline. À cinq secondes près tu étais bon.

— Il a sans doute entendu le coup de feu, il va venir.

— Pas pour le coup de feu. En grimpant, j'ai entendu des chasseurs tirer juste au-dessus. Un douze, ça fait plus de boucan que ça. Quand il verra que celui-ci tarde à redescendre il va s'amener.

— Et alors ?

— Et alors tu vas t'en charger. Un chacun non ?

— Moi !

— Je plaisante…

Il plaisantait… Je venais de passer à un souffle de la mort, un homme allongé près de moi avait une balle au milieu du front, je m'étais pissé dessus, un autre dingue allait s'amener et il plaisantait. Ou cet homme était fou à lier, ou je venais de perdre sous le choc le sens de toute réalité.

Il tenait dans son poing un robuste calibre noir, un automatique.

On entendit alors le moteur d'une voiture qui approchait. Il bondit vers la fenêtre.

– Il n'a pas perdu de temps, ce doit être un inquiet. Va dans la salle de bains. Si ça tourne mal, tire-toi.

Je n'eus pas le temps de me relever. À travers la porte l'homme demanda :

– Tu es là, Jo ?

Mon protecteur se tourna vers moi et me fit signe de ne pas bouger. Ses yeux souriaient.

– Entre ! dit-il.

Il glissa le pistolet dans sa ceinture et sortit de sa poche quelque chose que je ne pus voir.

La poignée tourna. La porte s'entrouvrit.

Ce qui se passa alors est difficilement concevable, tant la vitesse d'exécution fut foudroyante et précis chaque geste.

Celui qui venait de me sauver la vie tira violemment la porte à lui. La silhouette d'un homme massif se découpa dans la lumière matinale. Cet homme, armé lui aussi d'un revolver, n'eut pas le temps d'être étonné. Mon protecteur l'attrapa solidement par le col et de l'autre main lui fouetta la gorge.

L'homme rota, lâcha son revolver et plaqua ses deux mains sur son cou. Le sang gicla entre ses doigts. Il rota de nouveau et bascula en arrière.

Couché sur le dos, il s'arqua et se mit à tourner de plus en plus vite. Le sang jaillissait de sa gorge ouverte comme d'un tuyau d'arrosage que la pression fait tournoyer sur lui-même. L'herbe en était éclaboussée sur plusieurs mètres. Brusquement il se détendit, cessa de bouger. Son visage était noir.

Parler d'horreur, de visions terrifiantes, cauchemardesques, serait vain pour exprimer l'état dans lequel j'étais à cet instant. À plus de quarante ans, je découvrais un univers monstrueux que mon imagination d'écrivain n'avait jamais osé effleurer.

Pouvais-je encore appeler « mon protecteur » cet homme qui essuyait calmement dans l'herbe un cutter, en faisait coulisser la lame avant de le remettre dans sa poche. Cet homme pourtant venait bien de me sauver la vie.

Il souleva l'homme par les aisselles et commença à le traîner.

— Aide-moi, me dit-il, ça fait désordre. On va le mettre avec l'autre.

Frissonnant de la tête aux pieds, j'attrapai les jambes sans oser regarder la gorge d'où le sang ne fusait plus. Penser que je marchais dans ce sang me souleva le cœur. Je n'eus pas le temps de me détourner, tout partit sur ses jambes. Je dégobillai tripes et boyaux.

— Excuse-moi, dis-je entre deux jets.

— Tu es dans un bel état… Va prendre une douche et change-toi, la journée ne fait que commencer.

Il n'était pas que calme, il souriait. De quel acier étaient faits les nerfs de cet homme ?

Si déconcertant que cela puisse paraître, je me retrouvai nu sous une douche, au milieu de ce bain de sang. Pendant que j'enfilai des vêtements qui ne puaient pas la peur, il me dit :

— On va les enterrer. Tu te sens de conduire leur bagnole ? Il faut aller acheter des outils à Cavaillon.

— Les enterrer ? Tu es fou ! Tirons-nous tout de suite !

— J'imagine que tu as eu affaire à quelqu'un pour la clé et tes empreintes sont partout. Tu veux qu'on te poursuive en plus pour ce double assassinat ?…. Je te vois mal rester ici avec deux macchabées. Tu vas acheter une pelle et une pioche, deux sacs de chaux, un bidon d'essence, un kilo de poivre et de quoi bouffer.

— Un kilo de poivre ?

— Tu as retenu tout ce que je t'ai dit ?

— Pelle, pioche, deux sacs de chaux, du poivre…

— Un bidon d'essence et de quoi manger. Pendant ce temps je commence à faire le ménage. Je vais balancer une dizaine de seaux d'eau devant la baraque. Fonce !

Les clés de la BM étaient sur le contact. Tout plutôt que rester là.

Parler des gestes, des paroles que je dus prononcer durant l'heure ou les heures qui suivirent pour dénicher des choses aussi hétéroclites qu'une pioche, de l'essence, une pizza, est du domaine de l'extravagance, tant de ces instants de ma vie il ne reste rien. Je dus errer dans la zone industrielle de Cavaillon dans un tel état de stupeur que je fus moi-même étonné, de retour au bungalow, de voir mon protecteur sortir du coffre tout ce qu'il m'avait demandé.

— Parfait, me dit-il, je te croyais plus atteint que ça, tu n'as oublié que la boisson, on se contentera du robinet. J'ai repéré un coin derrière les premiers arbres, la terre a l'air souple, je vais attaquer tout de suite. Assieds-toi devant la maison, si quelqu'un arrive débrouille-toi pour me prévenir.

Pendant une heure, j'entendis les coups sourds de la pioche au fond de la clairière et parfois le tintement plus clair du fer sur une pierre. La présence des deux morts, côte à côte à l'intérieur, me pétrifiait.

— À toi, vint-il me dire luisant de sueur, un peu d'exercice physique te fera le plus grand bien. De tout ce que j'ai vu ce matin, c'est toi qui me fais le plus peur.

Le trou avait à peu près la longueur d'un homme, il m'arrivait à mi-cuisse. Je dus sectionner à coups de pioche quelques racines de pin. Taper comme un sourd m'éloigna un instant de la finalité de l'ouvrage. J'aurais pu planter un olivier, un marronnier ou un eucalyptus comme je l'avais fait souvent vingt ans plus tôt par de merveilleuses journées d'automne semblables à celle-ci, dans une bonne odeur de terre et de champignon. Je creusais la tombe de deux hommes.

— C'est bon ! entendis-je au-dessus de moi. Je ne t'ai pas demandé de t'enterrer vivant.

Il ne perdait pas sa bonne humeur. Je m'aperçus que seule ma tête émergeait du trou. Il me tendit la main, me hissa.

— Souffle cinq minutes, on va les charrier tout de suite. Je suis descendu vers l'accueil, le gardien ne quittera pas son poste avant ce soir, il faut en profiter, le coin est désert. La nuit, le moindre bruit s'entend à des kilomètres.

Nous soulevâmes le cadavre à tête de démon et, après avoir scruté les alentours, au petit trot nous traversâmes la clairière. À bout de souffle, nous le balançâmes comme un sac de patates dans la fosse. Il tira de sa ceinture les deux armes des tueurs et les jeta aussi. L'une des deux claqua durement sur le visage du mort. Je crus qu'il allait crier de douleur.

— Grâce à nous tu ne saliras jamais ton nom, prononça mon protecteur, silencieux tu l'es pour l'éternité.

C'était, pensai-je, une façon réconfortante de voir les choses. Nous fîmes à peu près les mêmes mouvements pour le second, qui me parut beaucoup plus lourd. Ses jambes m'échappèrent plusieurs fois, il devait avoir les chevilles plus grosses.

— Tu l'avais déjà vu ? demandai-je, quand celui-ci eut rejoint en vrac son acolyte, après l'ultime geste de notre ballet macabre.

— On a fini par l'appeler Alcatraz, il a passé les deux tiers de sa vie à visiter toutes les prisons de France.

— Dangereux ?

— Aussi malade que l'autre. Ces types-là tuent par plaisir. C'est un vice, comme le jeu ou la drogue.

— Et toi, tu en as tué beaucoup ?

— Jamais par plaisir.

Il rapprocha la voiture en marche arrière et vida sur les cadavres les deux sacs de chaux.

— Dans quelques jours ils seront méconnaissables. Aide-moi à reboucher.

Nous eûmes beau tasser avec pieds et pelle, il y avait trop de terre. Nous la dispersâmes sous les branchages. Il répandit le kilo de poivre et nous ramassâmes quelques brassées de feuilles mortes sous un chêne pour faire disparaître la trace fraîche de la sépulture.

— Avec tout ce poivre, me dit-il, aucun chien ni sanglier ne s'approchera d'ici. Viens casser la croûte, tu le mérites. Rien ne creuse plus que de creuser.

— Ne me demande même pas de réchauffer la pizza, je suis au bout du rouleau, comme le lapin Duracell.

Je le regardai dévorer tout ce que j'avais acheté. La seule vue de la nourriture me soulevait le cœur, l'estomac et le reste.

— On pourrait partir maintenant mais le gardien trouverait ça bizarre, il risquerait de venir rôder. Demain à la première heure on filera. Ça nous laisse le temps d'effacer les dernières gouttes de sang.

— Ça m'étonnerait que je puisse fermer l'œil dans cette forêt sinistre.

— Tant mieux, ouvre-le, ça me permettra de dormir sur mes deux oreilles.

— Tu peux tuer deux types et dormir comme ça ? Je ne comprends pas, tu l'as fait si facilement… J'avais l'impression que tu n'avais même pas peur.

— C'est très facile de buter un mec quand il ne s'y attend pas. Il est extrêmement rare de s'en sortir quand on est le gibier. Tu as entendu parler de Jacky Imbert, « le Mat » ? Il est l'un des seuls à s'être échappé des griffes de la mort. Un miraculé. Il est devenu une légende à Marseille. Plus personne n'osera tirer sur lui. On ne tire pas sur une légende.

— Qui est-ce qui a tiré sur Charlie ?

— Peut-être l'un des deux qui bouffent la terre au fond de la clairière. En tout cas un lieutenant de Wolfo.

— Wolfo ?

— Tu n'as jamais entendu ce nom ?…. C'est lui le nouveau maître du milieu à Marseille. En trois ans, il a fait exécuter plus de vingt voyous. C'est un dingue qui a des dents comme ça. Il veut tout, les bingos, le contrôle de la came, les boîtes de nuit. Le juge Rousseau, c'est lui. Je veux dire lui-même sur la moto. Tu comprends mieux pourquoi il t'a envoyé deux de ses meilleures gâchettes. À Marseille on le surnomme le Sanguinaire, tout le monde le craint.

— D'où sort-il, ce monstre ?

— Des Balkans. On parle de lui depuis trois ans mais personne ne le voit. Il ne dort pas deux nuits dans le même lit.

— Et les flics ?

— Les plus malins mangent avec lui. Comment crois-tu qu'ils t'ont retrouvé ? Tu sais, dans la longue histoire de la pègre, les flics suivent les trottoirs sanglants. Le bruit des balles finit un jour ou l'autre par couvrir celui des bouchons de champagne. Les flics sont comme les voyous, ils aiment le champagne. Ils comptent les morts et discrètement ils s'allient à l'homme fort du moment.

— Les deux que nous venons d'enterrer ne viennent pas des Balkans…

— Wolfo a su s'entourer d'une bande de cinglés, des Yougos, des Roumains, des Gitans et quelques vieux de la vieille comme ces deux-là. Il est de loin le plus féroce et le plus intelligent de cette meute de loups. Il a sans doute le charisme et la cruauté d'un parrain, mais il y a des forces qui ne sont pas encore entrées dans la danse.

— Quelles forces ?

— Les Corses par exemple. C'est une autre histoire, peut-être une autre guerre… Contente-toi de sauver ta peau. Maintenant que je t'ai balancé tout ça, tu vas me laisser dormir un peu. Nous partirons au lever du jour, c'est le meilleur moment, celui des travailleurs.

Il retira ses chaussures et s'étendit sur le lit, son épais calibre noir posé près de sa main droite.

— N'allume pas la lumière, on pourrait nous voir de dehors. S'il y a quoi que ce soit, réveille-moi.

Pendant que nous parlions le jour avait baissé. Nous étions maintenant dans la pénombre. Je tirai une chaise et m'assis derrière les vitres. Avec ce que je venais d'entendre je ne risquais pas de m'assoupir. Du côté de la tombe les arbres étaient noirs, au-dessus de Cavaillon les enseignes des grandes surfaces embrasaient le ciel. Des mots explosaient dans ma tête : sanguinaire, Yougo, féroce, meute de loups... Il se mit à ronfler.

Aux premières lueurs de l'aube, il prit une douche et nous quittâmes le bungalow.

— Prends le volant, et dépose-moi à la moto, ensuite suis-moi.

Un brouillard épais recouvrait la campagne, il allait faire aussi beau que la veille. Nous parcourûmes une bonne vingtaine de kilomètres, puis il s'engagea sur un chemin de terre qui traversait un bosquet et des champs. Nous stoppâmes au bord d'un immense canal.

— Tu connaissais le coin ? lui demandai-je.

— Nous sommes passés sur un pont tout à l'heure, le canal ne pouvait être que par là.

Il ouvrit le coffre de la BM et balança dans l'eau la pelle et la pioche. Deux sacs de voyage étaient posés sur la banquette arrière, il les vida à l'intérieur de la voiture, affaires de toilette, vêtements. Il déplia un sac en plastique blanc et en tira une carte routière et une liasse de billets trois fois plus épaisse que celle qu'il m'avait donnée à Nice. Il me la tendit.

— Tiens, ils te les doivent.

— Il n'en est pas question ! sursautai-je. C'est moi qui te dois déjà tellement !

Il m'attrapa le poignet et colla l'énorme liasse dans ma main.

— Ça coûte très cher une cavale.

— Tu le prends où, toi, l'argent ?

— Partout où il circule en grande quantité. Moi aussi je suis en cavale depuis trois ans.

Il fouilla minutieusement chaque recoin de la BM, me lança mon sac avant de vider le bidon d'essence sur les fauteuils, le capot et dans le coffre. Il alluma son briquet et le jeta dans la voiture. Une boule de flammes éclata et courut sur la tôle comme un félin aux muscles jaunes.

— Un si beau bijou ! dis-je.

— Ils l'avaient louée. Grimpe derrière moi, on s'arrache.

La moto aboya deux ou trois fois et bondit. Quand nous eûmes retrouvé l'asphalte, j'aperçus au-dessus des arbres une colonne noire qui s'élevait dans le ciel rose.

La moto dansa un bon moment à vive allure à travers des forêts où les premiers rayons allumaient des érables d'or et des châtaigniers rouges. Juste après Forcalquier nous empruntâmes une minuscule route qui grimpait en lisière d'un bois. Il coupa le moteur devant une belle bâtisse de pierre surmontée d'un pigeonnier.

— Tu vas te planquer là quelques jours, me dit-il en retirant son casque. J'y viens parfois, on ne peut pas trouver meilleure auberge, paisible, discrète. Tu vas pouvoir reconstruire tes nerfs. Il faut aussi que tu reconstruises ton visage, tu risques d'avoir sur le dos tous les tueurs de Wolfo. Laisse pousser ta moustache, fais-toi couper les cheveux très court et même si tu n'en as pas besoin achète une paire de lunettes. Ça devrait suffire. Et surtout ne t'habille plus comme un écrivain !

— Ça s'habille comment un écrivain ?

— Tu le sais mieux que moi. J'allais oublier, quand tu auras ton nouveau visage, fais-toi tirer le portrait à Forcalquier. Je reviendrai dans une semaine exactement, jeudi prochain, tu vas aussi changer d'identité, sinon tu es mort.

Nous pénétrâmes dans l'auberge. Il serra la main du patron, un homme grand, solide, distingué qui portait avec élégance une magnifique veste en tweed sur un polo sombre. Cinq minutes plus tard, nous étions dans la plus belle chambre de l'auberge. Un petit balcon dominait la vallée. On ne m'avait pas demandé mon nom.

— J'ai essayé toutes les chambres, celle-ci a un charme particulier. Tiens, prends mon calibre, je préfère te savoir armé.

Il me tendit le pistolet noir.

— Impressionnant ! Qu'est-ce que c'est ?

— Neuf millimètres, Glock. Tu sauras t'en servir ?

— J'ai fait beaucoup de tir à l'armée, il n'y a que ça qui m'intéressait. J'ai fini tireur d'élite de la compagnie.

— Tu tirais avec quoi ?

— Tout. Pistolet-mitrailleur, fusil, lance-roquettes antichar, automatique comme celui-ci, moins joli.

Il siffla.

— Là tu m'étonnes, moi qui te prenais pour un intello !

— J'ai fait de la boxe aussi pendant un an, je m'ennuyais tellement.

— Si on m'embête, je t'appelle !

— Avec les détraqués qui sont en face, il faudrait que je récupère mon uppercut.

— Il y a une balle engagée dans le canon. Il doit en rester huit autres dans le chargeur. Je ne le remplis jamais complètement, ça fatigue le ressort. J'y vais. Jeudi prochain ! À part pour les cheveux et les lunettes, ne t'éloigne pas d'ici et n'appelle personne. Ne quitte jamais ton arme, même pour dormir. Habitue-toi à son poids, à sa présence, manipule-la, nettoie-la souvent. Il faut qu'elle fasse partie de ton corps comme une troisième main.

— Et toi, sans ta troisième main ?

– J'ai de quoi armer jusqu'aux dents un régiment de parachutistes qui auraient six mains chacun.

Il allait refermer la porte.

– Je ne connais même pas ton prénom ? dis-je.

– Sauveur.

Ses yeux souriaient.

– Tu plaisantes ?

– Pourquoi ?

– Parce que tu m'as sauvé la vie.

– J'ai choisi de te sauver la vie, mon prénom je ne l'ai pas choisi. Sauveur. Sauveur Coppola.

Plaisantait-il ? Son sourire était aussi mystérieux que la tombe d'un pharaon.

Dès le lendemain, à travers bois, je me rendis à Forcalquier. Quand je revins deux heures plus tard, les oiseaux dans les chênes ne me reconnurent pas. La tondeuse ne m'avait laissé que six millimètres de cheveux sur le crâne et je portais une paire de lunettes à monture verte que j'avais dénichée à la pharmacie. C'est en posant ces verres sur mon nez que je m'aperçus que j'en avais besoin. Très légère correction certes, ainsi j'y voyais mieux. Ma vue avait commencé à baisser sans que je m'en rende compte.

J'avais aussi acheté une magnifique veste en cuir doublée de laine avec l'argent de mes tueurs, à un prix que je n'aurais jamais osé mettre avec mon propre argent. Je comprenais pourquoi les voyous jetaient l'argent par les fenêtres. Ce vêtement de grande marque au cuir aussi souple et doux que le ventre d'une femme, Sauveur l'aurait certainement acheté. Les oiseaux ne me regardaient pas passer comme un écrivain, ils interrompaient leur repas de baies. La boule presque à zéro, le col relevé, un calibre sous ma ceinture, je reprenais confiance. L'habit fait le moine.

La forêt était silencieuse. Je saisis le Glock, le fis sauter dans ma main, visai un pin à une quinzaine de mètres et appuyai sur la détente. La détonation vida le secteur de tout ce qui portait poils ou plumes. La balle était fichée en plein milieu du tronc. L'arme était juste. Je n'avais pas perdu la main.

Durant une semaine, comme Sauveur l'avait dit, je reconstruisis mon visage et mes nerfs. Le matin, je buvais mon café dans la salle de l'auberge où un bon feu ronflait dans la cheminée monumentale. Le patron m'apportait le journal et je me plongeais dans le foot et les chiens écrasés. L'après-midi, j'allais marcher dans les bois, le Glock plaqué sur mon ventre.

Maintenant les couleurs étaient sur tous les feuillages, des orangés les plus chauds aux pourpres les plus sombres ; au sommet des champs la flamme noire du cyprès ciselait la lumière.

J'errais jusqu'au soir dans ces silences limpides d'automne. Je devenais le vent, la lumière, la brume. Une fine moustache durcissait mon visage.

La nuit dans ma chambre, rideaux tirés, je démontais, astiquais l'automatique, vidais et remplissais le chargeur en pensant à Sauveur, cet homme lucide, noir, terriblement vivant. Je revoyais ce visage à l'instant où il avait sorti de sa poche le cutter, une lueur sauvage avait traversé ses yeux. Je n'avais jamais approché jusque-là un être d'où émanait une telle puissance. Une puissance aussi calme que farouche.

Le jeudi il revint. Nous dînâmes ensemble dans la salle à manger de l'auberge après avoir trinqué avec le patron.

– Tu es parfait ! me dit-il. Méconnaissable ! La dégaine du voyageur de commerce et la tronche du tueur à gages. Tu ferais sensation à la télé, tu ressembles à tout sauf à un écrivain. Encore que… Un peu fine la moustache et le regard trop doux. Les flics pourraient te prendre pour Marcel Proust.

– Tu connais Marcel Proust ?

– Je l'ai vu en photo.

– Tu lis de temps en temps ?

– Seulement en prison, comme beaucoup de voyous. Aux Baumettes j'ai participé à un atelier d'écriture. J'ai écrit une centaine de chansons. On a même enregistré un CD avec les moyens du bord.

– On peut enregistrer un CD en prison ?

– Les finitions ont été faites à l'extérieur, dans un vrai studio.

— Tu joues d'un instrument ?

— Jusqu'à vingt ans j'étais pianiste. Boîtes de jazz, piano-bars, la misère. Un soir une équipe de braqueurs cherchait un chauffeur, le leur venait de se faire serrer. J'avais pas un rond dans la poche, j'ai foncé. Je me suis rendu compte que ça rapportait cent fois plus que le piano, j'ai fermé le clavier et j'ai ouvert des coffres.

— Tu n'as pas eu peur ?

— La musique, le blues, c'est une passion. J'aime me faire peur. Ce que tu ressens sur un braco ne s'explique pas, c'est d'une violence intérieure inouïe. Peut-être que les plus grands parviennent à toucher à ça dans certains concerts, les Blacks qui vivent jour et nuit dans le jazz, Parker, Mingus, Davis. Ce que j'ai découvert cette nuit-là, au volant de la bagnole, un calibre sur mes genoux, ensuite j'en ai eu besoin comme d'une drogue. Ça me soulevait le ventre. Bon, je ne suis pas venu dans cette charmante auberge pour te raconter ma vie à la lueur d'une chandelle. Tu as pensé aux photos ?

Je les sortis de ma poche et les lui tendis.

— Tu mesures combien ?

— Un mètre soixante-seize.

— La quarantaine ?

— Quarante-trois.

— Yeux sombres... Ça suffira. Dans quarante-huit heures tu seras quelqu'un d'autre.

— Ça ne t'ennuie pas de revenir ici ?

— Tant que c'est toi qui régales !…. Ce n'est peut-être pas la peine que tu sois le dernier touriste de Forcalquier. À la campagne les gendarmes comptent les melons pour voir s'il en manque. Avec ta gueule et ton nouveau blase, je crois que tu peux revenir à Marseille. D'abord parce qu'ils ne penseront pas à te chercher là et tu ne seras qu'un grain de blé dans le silo. À condition que tu épouses la discrétion du grain de blé.

Le patron nous offrit le digestif et je raccompagnai Sauveur à sa moto.

— Samedi matin, prends le car pour Marseille. Tu vois la plage des Catalans ?

— J'y ai passé ma jeunesse.

— Rendez-vous à midi à la balustrade.

Il enfourcha son bolide et découpa la nuit.

J'arrivai à Marseille vers onze heures. Il fait toujours plus chaud ici que n'importe où, sauf les jours de mistral. Le Vieux-Port étincelait. Je longeai ses barques bleues et frôlai mon immeuble sans oser tourner la tête. Une tête que j'avais du mal à reconnaître moi-même.

J'avais l'impression d'avoir quitté ma ville depuis des années pour faire plus qu'un tour du monde. J'avais fait le tour de la peur, de l'horreur, de l'inexprimable. Je retrouvais les façades ocre et blanches de cette cité au charme barbare. Dans quel état était mon appartement là-haut sous les tuiles ? L'un de mes voisins devait avoir fait un début de ménage et refermé la porte. À moins que la police n'ait posé des scellés.

Combien de fois avais-je fait ce chemin durant ma jeunesse ? Vieux-Port, Légion étrangère, jardin du Pharo, le château d'If soudain, si loin, si proche. Dès les beaux jours, chaque matin je me présentais devant l'écrasante porte du lycée et chaque matin la main de la vie m'attrapait par le ventre et me tirait vers la mer, la lumière, les couleurs. Depuis des lustres, tous les mauvais élèves de Marseille se retrouvent dès la fin mars sur le sable des Catalans.

La plage était déserte, le sable ratissé sur les trois terrains de volley. Jusqu'au Frioul la mer n'était qu'un miroir. Je m'assis sur un banc.

J'avais sous les yeux le seul coin de Marseille qui ne change jamais. Sur les arcades qui ferment cette plage encaissée la peinture tombait en poussière, certains murs s'effritaient, les piliers de béton qui soutiennent la terrasse au-dessus de la mer étaient mangés par les moules et les algues. Décor de *Midnight Express* sous une lumière de Monticelli. J'étais ému. Tous les Marseillais viennent ici retrouver leur enfance un demi-siècle plus tard, l'odeur de l'eau, le sable qui craque sous les dents, le premier baiser contre un ventre mouillé et brûlant. La ville entière vient s'accouder à cette balustrade l'été pour voir les plus belles poitrines sortir ruisselantes de l'eau et se tendre vers le soleil. Le temps n'a pas de prise sur la plage des Catalans.

Sous ces arcades, un après-midi de printemps, j'avais surpris la directrice du lycée dans les bras musclés d'un jeune voyou d'Endoume. Elle m'avait aperçu et s'était détournée rouge de honte. Elle aussi aurait dû être au lycée à cette heure. En un regard nous étions devenus complices. Je n'avais rien dit à personne et elle avait fermé les yeux sur mes absences jusqu'à la fin de l'année.

Sur ce sable à quinze ans j'aurais pu embrasser Suzon, celle que secrètement j'aimais depuis mon enfance. J'en avais embrassé bien d'autres entre deux vagues, sans réfléchir.

Debout contre la balustrade, trois Pieds-Noirs bavardaient les yeux sur l'autre rive. Au Cercle des nageurs, un peu plus loin sur ma droite, deux fausses blondes au corps chocolat entraient dans la mer, les bras et les seins relevés par l'eau froide.

Les pauvres aux Catalans, les riches au Cercle. On finissait tous par plonger dans la même eau.

Brusquement quelqu'un m'agrippa l'épaule. Je sursautai. Un motard se dressait entre le soleil et moi. Il retira son casque. Sauveur. Il riait aux éclats.

– J'ai eu peur que tu m'en mettes deux dans le ventre, dit-il, et il s'installa près de moi. Je t'ai observé trente secondes, tu étais loin.

– Je pensais aux premiers baisers sur cette plage…

– La première fille que j'ai embrassée, c'était dans un cinéma de la Belle-de-Mai, j'avais trouvé ça visqueux, plutôt dégoûtant. Maintenant je les embrasserais toute la journée. Tu vas pouvoir les embrasser tant que tu veux, tu deviens journaliste, c'est un métier qui a la cote. L'écriture, tu boxes dans tes cordes.

— Journaliste ?

— Tu t'appelles Benjamin Plume, tu es journaliste à *La Voix du Nord*.

— Plume ?

— Ça ne s'invente pas, le mec existe vraiment. C'est ce qu'on appelle une vraie doublette. Tu prends l'identité d'un autre à son insu et tu peux vivre des années comme ça, sans que personne ne s'en rende compte, surtout pas lui. En priant pour qu'il n'assassine ni sa femme ni l'huissier. Il faut dénicher un type paisible, à peu près ta taille, ton âge, ta couleur d'yeux. Tu colles ta photo sur les papiers, c'est en béton.

— Si je me fais arrêter, les flics n'y voient que du feu ?

— Comment crois-tu que je vis depuis trois ans ? Ma doublette est restaurateur en Bretagne. Il sert des crêpes depuis trois ans sans se douter qu'il a un jumeau condamné à vingt ans de prison, évadé et recherché par tout ce qui porte képi. Si tu tombes sur un barrage, une patrouille, colle-toi bien ça dans le crâne : Benjamin Plume, journaliste à Lille, fils de Lucienne Faure et

Félix Plume. Ta date de naissance est sur les papiers.

Il me tendit une enveloppe.

— Fourre ça dans ta poche, il y a une carte d'identité, un permis de conduire, je t'ai même dégoté une carte de presse. Si quelqu'un te demande ce que tu fais à Marseille, tu as une indigestion de moules frites, tu trouves le Stade-Vélodrome beaucoup plus rigolo, deux flics sur trois seront de ton côté, le troisième n'a qu'à aller au stade. Tu as tes vrais papiers sur toi ?

— Ma carte d'identité.

— Donne, c'est comme si tu te baladais avec une grenade dégoupillée dans la main.

Il la prit, y jeta un coup d'œil, sortit un briquet et l'enflamma. La carte plastifiée se recroquevilla en grésillant, dégagea une petite fumée noire et tomba en cendres.

— Tu es un dangereux maniaque du briquet, tu brûles tout ce que tu touches.

— Tu n'as encore rien vu, me répondit-il.

Un indéfinissable sourire balaya son visage. Je crus voir la Joconde.

— Pierre Chopin vient de disparaître, il n'existe plus, le vent va emporter les trois petits trucs noirs qui sont entre mes pieds. Accroche-toi à ton nouveau visage, à tes moustaches et à Benjamin Plume, les jours qui viennent vont être impitoyables. Hier soir, Wolfo a fait flinguer un ami de Charlie, un de plus, ils l'ont abattu comme un chien à la sortie d'un bar, d'une dizaine de balles. Ils l'ont achevé de plusieurs décharges de chevrotine dans la tête.

— Ici, à Marseille ?

— En plein centre-ville, derrière le port.

— Tu es sûr que c'est Wolfo ?

— Qui veux-tu que ce soit ? Le milieu ne fait jamais dans le détail. C'est un contrat signé. Celui qu'ils ont laissé sur le trottoir n'était pas un enfant de chœur, crois-moi, il ne dormait pas. Je comptais t'inviter chez Michel, juste derrière, ils font un poisson du tonnerre. Il faut que je file, je m'occupe de Charlie.

— Comment va-t-il ?

— Il a été opéré, doucement il reprend le sport en prison. C'est un coriace. Je te tiendrai au courant. Appelle-moi s'il y a le feu. Tu as toujours le calibre sur toi ?

— Là.

Je plaquai ma main sur mon ventre.

— Sors sans ton pantalon, jamais sans ton arme ! Dors les yeux ouverts !

Maintenant j'étais seul sur un banc. Les deux blondes n'étaient plus dans l'eau ; des gens sortaient sur la terrasse du Cercle des nageurs, un verre à la main, ils s'apprêtaient à déjeuner au soleil, la plupart des femmes étaient bras nus et le garçon ouvrait certains parasols. Tout le monde semblait avoir rendez-vous.

Je me sentis vieux, soudain, plus vieux qu'un banc. Qu'allais-je faire un quart d'heure plus tard, ce soir, demain ? Pierre Chopin n'existait plus. Je n'existais plus. Qu'aurait fait dans cette ville cet homme que je ne connaissais pas, ce Benjamin Plume ? Serait-il allé au cinéma ? Pousserait-il la porte du restaurant Chez Michel ? Quel hôtel choisirait-il pour attendre le lendemain en guettant derrière un rideau ?

Une heure plus tôt j'avais retrouvé ma jeunesse avec tendresse et mélancolie. Le temps de l'insouciance, du rire, du sel sur la peau. Notre avenir était le prochain baiser. Qu'était devenue cette ville où des fantômes armés erraient à la poursuite d'autres silhouettes d'ombre ? Tous ces morts sur les trottoirs, ces têtes éclatées, ce sang… J'étais condamné à vivre avec ces morts, à partager leur destin, condamné à chercher mon chemin dans une cité de fous.

Je ramassai mon sac et partis au hasard, avenue de la Corse, Saint-Victor, Opéra, cours Julien… Une puissante moto allait s'arrêter à ma hauteur et un tueur viderait sur moi le chargeur de son arme. Lorsqu'un moteur puissant rugissait dans mon dos, je ne sursautais même pas. J'étais fatigué. Si fatigué de marcher depuis des semaines vers l'un de ces fantômes qui de toute manière, où que j'aille, m'attendait.

Je me retrouvai aux Cinq-Avenues, à l'arrêt du bus que j'avais pris des centaines de fois pour descendre en ville et rentrer le soir chez nous, chez mes parents, en banlieue. Un bus s'arrêta, ouvrit ses portes, je montai.

Je vis défiler derrière la vitre des immeubles blancs, des champs. Beaucoup plus d'immeubles et moins de champs que trente ans plus tôt. Quelques grandes surfaces et des villas à la place des vaches et des artichauts.

Je descendis à Château-Gombert, le bout de la ligne. Il me sembla une seconde que tout le monde allait me reconnaître, m'interpeller des trois bistrots qui se font face au cœur de cette banlieue où j'ai grandi. Personne ne me fit signe.

Les rares fois où j'étais revenu ici après la mort de mes parents, j'étais allé directement dans l'un de ces trois bistrots, retrouver mes amis d'enfance. Au Bar du Centre j'avais passé mes soirées à jouer au baby en hurlant de rire. Au Terminus nous allions suivre les matchs de foot sur un grand écran et à la terrasse du Café de la Poste nous regardions passer les filles en buvant des laits-grenadine.

Je fis le tour de ce que nous appelons encore le village et me retrouvai derrière l'église. Je découvris un vaste jeu de boules et trois courts de tennis que je ne connaissais pas. Dans cette traverse nous venions après l'école feuilleter en groupe quelques numéros de la revue *Paris-Hollywood.* Ces femmes entièrement nues qui offraient leurs seins, leurs fesses avec malice ou innocence produisaient sur nous un effet extraordinaire. Très peu de livres scolaires restent dans ma mémoire, à part ceux de grammaire, les plus ennuyeux, aux résumés soulignés de jaune. J'ai toujours devant les yeux les créatures éblouissantes qui nous souriaient à chaque page des *Paris-Hollywood.*

Quelques hommes jouaient à la pétanque sous un pâle soleil d'automne. Je les observai un moment. J'en reconnus certains. Quand j'étais enfant ils avaient l'âge que j'ai aujourd'hui et faisaient grand bruit dans les bistrots à l'heure de l'apéritif. Maintenant c'étaient de petits retraités qui marchaient doucement et ramassaient leurs boules avec un aimant. Ils étaient contents d'avoir un spectateur. Aucun d'eux ne m'avait reconnu.

Pour aménager ces terrains de jeu on avait aplani et arraché tous les arbres. Étrangement, on avait épargné le gros mûrier sur lequel nous grimpions pour dissimuler dans le feuillage nos lectures pornographiques. Le temps et les insectes avaient vidé le tronc.

Je revins vers les ruelles du village. Beaucoup de magasins avaient changé d'enseigne. Le petit Casino était devenu « Journaux Tabac », la boucherie avait cédé la place à du matériel électrique, le marchand de vins avait disparu. Au-dessus de l'entrée du petit cinéma où j'allais chaque jeudi voir un film avec Laurel et Hardy, Fernandel ou Charlot, on pouvait lire « Assainissement phocéen »... Et le bazar où nous volions nos bonbons puis nos patins à roulettes était resté le bazar. Je fus heureux de constater que nous ne l'avions pas mis en faillite.

Je relevai les yeux. J'étais sous les fenêtres de notre appartement, au premier et dernier étage de ces petites maisons marseillaises qui s'étirent modestement le long des ultimes ruelles et impasses de nos plus lointaines banlieues.

Ici rien n'avait vraiment changé, juste un peu

vieilli. La façade ocre autrefois s'était assombrie et la peinture s'écaillait sur les persiennes à claire-voie. Même obscurcissement sur les murs du 24, la maison où avait grandi Charlie. Les voitures avaient envahi la rue et j'imaginais mal les enfants jetant leurs cartables dans les couloirs dès la sortie de l'école pour taper dans un ballon, comme nous l'avions fait chaque soir durant ces longues et merveilleuses années.

Derrière les vitres du premier étage, il me sembla que j'allais voir apparaître le regard fiévreux de ma mère. Elle allait ouvrir la fenêtre et dire avec douceur : « Monte, mon poussin, on mange. » Sous ces fenêtres j'avais fait mes premiers pas, enfourché mon premier vélo à quatre roues. Un jour j'avais vu passer Suzon.

Pour me reposer et revivre encore quelques instants la douceur de ces années, je m'assis devant le Bar du Centre sur le « banc des menteurs ». Là non plus personne ne me reconnut. Mon crâne rasé, mes lunettes, ma moustache, ces vêtements qui ne me ressemblaient pas... Pierre Chopin était bien cette poussière de cendres que le vent de la mer avait dispersée. Sur le banc de ma jeunesse j'étais un étranger. Un fantôme à l'endroit même où j'avais le plus ri.

D'une certaine manière cela me rassura, je pouvais rester sur ce banc autant que je voulais, regarder mon quartier comme je ne l'avais jamais fait, sans être dérangé. Anonyme chez moi. Pourquoi ne pas m'y réfugier un peu, chez moi ?.... L'idée me transporta. Vivre là quelques jours, un mois, protégé par ces mille recoins que je connaissais mieux que ma poche. Le regard de ma mère n'était pas loin, je le sentais autour de moi flotter dans l'air du soir avec cette odeur qui m'émeut plus que tout, cette odeur de banlieue, d'herbe et de fumée. Ici il ne pouvait rien m'arriver.

Un peu plus tôt dans l'après-midi, j'étais passé devant une petite agence immobilière, en face de l'église, à la place du salon de coiffure Chez Georges où j'étais allé une fois par mois jusqu'à vingt ans. Je m'y rendis.

J'expliquai à une jeune femme très mince, très brune et beaucoup plus grande que moi que j'étais journaliste, j'allais peut-être m'installer dans la région et cherchais quelque chose de provisoire, trois ou quatre semaines tout au plus, meublé. Elle se pencha sur son bureau, ouvrit un classeur, le feuilleta.

— Je crois que j'ai ce qu'il vous faut, vraiment minuscule mais champêtre, romantique.

Le mot journaliste avait éclairé son visage.

Une demi-heure plus tard je posai mon sac dans un petit cabanon pigeonnier. Une pièce au sol de terre cuite usée dont une cheminée surmontée d'un miroir occupait tout un mur. Une échelle meunière grimpait à l'unique chambre au-dessus. Trois meubles de bois blanc, des rideaux bouton-d'or.

Malgré mon métier, la jeune femme très mince, très brune et très longue n'était pas restée. Nous étions arrivés là en suivant un sentier à travers champs.

En ouvrant la fenêtre j'aperçus le clocher du village, cinq cents mètres plus loin. Je connaissais bien ce coin de campagne, mes grands-parents paternels y avaient passé leur vie. J'y venais tous les jeudis et dimanches manger des figues ou des bonbons et construire des cabanes dans les arbres. Je disais : « Je vais à Solémio. »

Partout des villas avaient surgi, on avait ouvert des boulevards. Pour quelle raison ce cabanon se dressait-il solitaire au milieu des prés ? La nuit était tombée. Des lampadaires s'allumaient au bord des routes et on voyait au loin sous une dernière lueur la soie bleue des collines.

Le lendemain j'allai boire un café au village, faire trois courses, et je revins au cabanon. Je fis un petit détour pour revoir la maison que mon grand-père avait construite, où mon père avait grandi. Je ne reconnus rien. À travers la haie de lauriers j'aperçus une villa, une belle véranda la prolongeait, égayée de fleurs, de plantes vertes et de fauteuils au tissu chamarré. Les deux figuiers avaient disparu, à l'ombre desquels je faisais la sieste dans un hamac.

Je n'eus pas le temps d'être nostalgique, un gros chien se rua en hurlant contre un portail de fer de l'autre côté de l'impasse. Je filai avant qu'on ne me demande ce que j'épiais.

Jusqu'à trois heures de l'après-midi je tournai autour du cabanon, en proie à une anxiété grandissante. Maintenant que j'étais à nouveau si près de ma fille, le besoin de la voir devenait intolérable. Par prudence je n'avais pas appelé Anne depuis mon départ au Danemark. Que s'était-il passé durant ces semaines ? Les tueurs de Wolfo ou la police avaient-ils tenté d'utiliser cette piste ?

Appeler demeurait impossible, mais passer devant la maison sans m'arrêter… Ici, dans le quartier de mon enfance, on ne m'avait pas reconnu. Mon angoisse se dissipa à l'instant où je sus ce que je devais faire.

Je pris le bus jusqu'aux Chartreux, entrai chez le premier opticien et achetai de puissantes jumelles, puis je me rendis dans un garage Renault et louai pour trois jours une Clio au nom de Benjamin Plume. Les papiers devaient être parfaits, ils n'éveillèrent aucun soupçon.

Un quart d'heure plus tard je me garai dans une ruelle très pentue qui domine, cent mètres plus bas, la maison où habitent Anne et Julie. Les trottoirs étaient déserts. Grâce à la molette centrale je réglai les jumelles à ma vue. Le jardin et la maison se dressèrent soudain derrière mon pare-brise, dans les dernières pâleurs du jour. Un fil d'or soulignait portes et volets, tous hermétiquement clos du rez-de-chaussée à l'étage.

Il était cinq heures et demie. Julie avait dû rentrer de l'école et elles s'étaient barricadées. Elles… Anne vivait-elle encore avec cet homme ? Même à contrecœur, j'aurais préféré qu'il y ait un homme dans cette maison et qu'il soit costaud. Que pouvait-on faire contre la plus redoutable bande de truands dirigée par le Sanguinaire ?

Les jumelles étaient si puissantes que j'avais l'impression gênante d'être entré dans le jardin. Je voyais chaque chose avec beaucoup plus de précision que lorsque je jetais un coup d'œil pardessus le portail en raccompagnant Julie. Sur la terrasse rousse de feuilles mortes il y avait une table ronde et trois fauteuils d'osier blanchis par le soleil et la pluie ; une balançoire était suspendue au tilleul et de beaux kakis orangés ornaient un plaqueminier sans feuilles.

Que faisait Julie derrière ces volets ? Jouait-elle avec ses poupées ? Faisait-elle danser le chat ? Était-elle penchée sur ses devoirs ? La maison semblait si proche que je tendais l'oreille pour entendre sa voix. « Je suis là, mon bébé », murmurai-je. Être si près et ne pas la serrer dans mes bras…

Une phrase me revint, entendue dans un film de Téchiné : « Je n'ai que toi au monde et ça suffit à remplir ma vie. »

Soudain une étoile filante rouge traversa mon champ de vision, celui plus limité mais très précis de mes jumelles. L'étoile rouge avait parcouru un demi-cercle parfait avant d'atterrir et de rouler sur le goudron. Je la vis briller une seconde de l'autre côté de la rue puis elle s'éteignit. Un mégot incandescent. Qui avait jeté ce mégot ? Avec mes jumelles je balayai les environs. Pas âme qui vive.

Seule une voiture noire brillait sous la nuit, trente mètres plus bas. Le mégot aurait pu être lancé de là. Peugeot 605 immatriculée dans les Bouches-du-Rhône. Y avait-il un occupant ?

Légère inquiétude, pressentiment… Je posai mes jumelles, sortis de la Clio et descendis la rue sur le trottoir d'en face. La vitre de la 605 était baissée, côté chauffeur. Un homme était assis, les mains posées sur le volant, je devinai le profil d'un visage à peine plus clair que l'obscurité de l'habitacle.

Je poursuivis mon chemin, passai devant la maison de Julie sans tourner la tête, m'engageai dans une impasse.

Mon sang s'était accéléré. Que faisait cet homme, immobile dans le noir ? Avait-il rendez-vous ? Il devait être là depuis un bon moment. Je n'avais pas remarqué cette voiture tous feux éteints. Elle était là avant mon arrivée. Pourquoi cette si longue attente ? Guettait-il quelqu'un comme moi ? Mon cœur sauta.

Guettait-il Julie avec l'intention de…

Malgré la fraîcheur de la nuit je me mis à transpirer comme au bain turc. En quelques secondes je fus trempé. Comment savoir ? Comment protéger Julie ? Cet homme s'intéressait à ma fille pour parvenir jusqu'à moi. Je n'avais pas le choix. Autant foncer tête baissée.

Je revins sur mes pas et fis semblant d'épier à travers la haie, le jardin et la maison de Julie. Je me hissai sur les pointes, regardai par-dessus le portail. Je grimpai sur un muret, m'accrochai au grillage. Mon manège ne pouvait pas passer inaperçu.

Le Glock était bien plaqué sur mon ventre, une balle engagée dans le canon. Je remontai vers ma voiture en suivant le même trottoir. Je passai devant la 605 noire sans m'y intéresser. L'homme ne bougea pas.

Je montai dans la Clio, mis le contact et démarrai. Je n'avais pas fait cent mètres que deux phares apparurent dans mon rétroviseur. Il était bien là pour Julie ! Ma transpiration se glaça.

« Salopard ! » dis-je à haute voix. « Pourriture ! Vas-y, suis-moi ! Tu crois avoir débusqué le gibier ! Viens, vermine, à partir d'ici le chasseur c'est moi ! »

Je ne tremblais pas. Mon cœur avait presque cessé de battre. Cet homme avait voulu faire du mal à Julie. Il allait mourir.

À une allure normale, afin qu'il ne me perde pas, je l'amenai sur mon terrain. Les Chartreux, Saint-Just, Malpassé… Ses phares je ne les lâchais pas. Il roulait à une certaine distance, assez intelligemment, dans le flot de véhicules qui regagnent la banlieue. Après la montée de Saint-Jérôme la circulation fut plus fluide. À Saint-Mitre j'eus peur de l'avoir semé. À la hauteur du stade Mallet ses codes réapparurent. Entre mille autres je les aurais reconnus. Il était prudent.

À Château-Gombert je tournai à gauche, chemin de Palama, et garai ma voiture à l'entrée du petit sentier qui menait au cabanon. Sans me retourner, je sus qu'il s'arrêtait cent mètres plus loin. Il attendit un peu avant d'éteindre ses phares.

À cet instant j'étais fou. Fou d'inquiétude et fou de rage. Je priai pour qu'il me suive encore un peu.

Sauveur m'avait laissé neuf balles. J'en avais tiré une dans la forêt. Il m'en restait huit. Huit balles pour protéger ma fille.

Sans précipitation je me dirigeai vers le cabanon. Ce fut difficile, mes jambes semblaient pourvues d'un moteur six cylindres de deux cent quarante chevaux.

J'ouvris la porte, entrai, refermai derrière moi. J'escaladai l'échelle meunière, éclairai la chambre et redescendis dans la pénombre du rez-de-chaussée. Par une fenêtre qui donnait sur l'arrière du pigeonnier, silencieusement je me glissai dehors. En trois bonds je gagnai un bouquet de platanes quelques mètres plus loin. Je me dissimulai derrière le plus gros.

De ma cachette je pouvais distinguer une bonne partie du sentier, pâle entre les herbes noires. L'homme ne s'y était pas rué.

J'essuyai bien la paume de ma main sur mon pantalon et saisis le Glock. Sa petite masse compacte communiqua à chacun de mes muscles et de mes nerfs la résistance et la densité de l'acier. Ma nuque était aussi dure et froide que l'écorce du platane. Une goutte de feu s'y forma et partagea mon dos jusqu'aux fesses, tel un coup de fouet.

Quelque chose bougea sur ma droite. Je me plaquai contre le tronc. Une ombre s'avançait droit sur moi. C'était lui. Il m'avait surpris. Il n'était pas que prudent, il était rusé. Il avait évité le sentier, fait un détour et coupait à travers champs. Sa longue silhouette noire se déplaçait sans bruit sous la faible lueur des étoiles.

Voulait-il me prendre à revers ? M'avait-il aperçu ? Il n'était plus qu'à une vingtaine de mètres. Il s'arrêta à la limite du halo de lumière que diffusait la lampe de la chambre à travers les rideaux jaunes.

Il se tint immobile. Regardait-il vers le cabanon ou vers moi ? J'avais cessé de respirer. J'entendais mon cœur. Il scrutait les ténèbres.

Il se remit en marche et quelque chose brilla au bout de son bras. Il était armé.

Je le laissai faire encore une dizaine de mètres.

Quand je jugeai que la bête était à ma portée, je fis un pas de côté. Il tendit ses deux bras dans ma direction mais je venais d'appuyer sur la détente. La détonation déchira la nuit. J'appuyai jusqu'à ce que mon arme soit redevenue silencieuse.

L'homme était étendu sur le dos, les bras au-dessus de sa tête. Je m'approchai, me penchai. Dans un visage très blanc je ne remarquai qu'une bouche informe et cruelle. Je ne ressentais que la légère euphorie du chasseur qui vient d'atteindre sa cible. Durant quelques secondes une volupté animale traversa mon corps.

Je l'attrapai par les pieds et le tirai dans les fourrés. Dans les villas alentour on avait dû entendre les huit détonations. Allait-on prévenir la police ? Difficile de désigner l'origine exacte des coups de feu à l'heure où tout le monde regarde des films violents à la télé. Je ramassai son arme, la glissai dans ma ceinture et entrai dans le cabanon.

Je pris dans mon sac l'épaisse liasse de billets, y déposai le Glock, éteignis la lumière de la chambre, et après avoir fermé portes et fenêtres je rejoignis ma voiture.

Pas une seconde à gaspiller, c'était le moment ou jamais de parler à Anne. Ce petit sursis ne durerait pas. Dès qu'ils constateraient la disparition de leur homme de main, ils allaient rappliquer en force.

Je garai la Clic devant la maison. Aucune voiture suspecte ne stationnait. J'entrai dans le jardin et frappai contre le volet.

— Anne, c'est moi, ouvre !

— Pierre ?....

Je m'appelais encore Pierre...

— Ouvre, vite !

Elle entrouvrit, poussa un cri strident et faillit me broyer les doigts en refermant violemment.

— Anne ! C'est moi ! Je suis un peu déguisé mais c'est moi !....

— Tu es seul ?

— Oui, ouvre !

Elle écarta légèrement le volet. J'aperçus un visage très pâle, tiré par la peur. Ses yeux étaient creux et noirs. Je fis deux pas dans le salon pendant qu'elle verrouillait précipitamment.

Les petites jambes de Julie apparurent dans l'escalier. Elle se pencha.

— Papa ?....

— Mon bébé !

Elle dévala les marches et se plaqua contre mon ventre, puis s'écarta et me fixa, bouche grande ouverte.

— Papa, tu es moins beau qu'avant, tu ressembles au pharmacien.

J'éclatai de rire et nous nous étreignîmes comme jamais. Ses ongles entraient dans ma peau malgré les vêtements. « Papa, mon papa chéri ! C'est mon papa ! »

Les larmes inondaient nos visages. « Mon bébé, mon tout petit… »

Ils avaient voulu faire du mal à mon enfant. J'embrassai partout son si beau visage, ses joues, son nez, ses yeux, ses larmes. Maintenant j'étais prêt à tout.

Entre deux baisers je dis à Anne :

— Prépare vite une valise, il faut que vous filiez tout de suite !

— Parle ! Qu'est-ce que…, bredouilla-t-elle. Ses lèvres tremblaient.

— Des tueurs surveillent la maison.

— Des tueurs ou la police ? Il y a une dizaine de jours que des voitures se succèdent dans la rue en face, ils ne se cachent même pas. Qu'est-ce qu'ils veulent ?

— Ils me veulent moi, et pour m'atteindre peut-être Julie.

— Pierre, c'est un cauchemar, depuis un mois je n'ai pas fermé l'œil, je deviens folle ! Après ce que tu m'avais dit je n'ai pas osé appeler la police.

— Tu as bien fait.

— Ça ne peut pas durer, je ne l'emmène même plus à l'école. On vit barricadés.

— Et ton copain ?

— Il travaille sur des chantiers aux quatre coins du département et plus loin. Il rentre souvent très tard, comme ce soir. Lui non plus ne sait plus ce qu'il nous arrive. On est tous malades, Pierre, malades ! Comment t'es-tu fourré dans une histoire pareille ?

— Anne, je n'ai pas le temps de t'expliquer. Pendant une heure il n'y aura personne dehors, aucune surveillance, profites-en pour filer !

— Filer où ?

— N'importe où. Jette une ou deux valises dans ta voiture et fonce vers l'Espagne, l'Italie ou le nord de la France. Dans un mois ou deux les choses se seront calmées.

— Un mois ou deux ?

Elle était décomposée. Je tirai de ma poche l'épaisse liasse de billets et la posai sur la table.

— Prends ça. Évite de te servir de tes papiers d'identité, chéquier, carte bancaire. Paie tout en liquide, hôtels, restaurants, essence. Dès que vous serez un peu loin prenez des bus, des trains. Laisse ta voiture quelque part et ne la touche plus. Faites du tourisme avec Julie. Du tourisme discret.

Elle regardait la masse de billets. Son visage était livide, ses yeux s'étaient encore creusés.

— Où as-tu pris tout cet argent ?

— Quelqu'un me protège, je ne l'ai pas volé.

— Si tu voulais me rassurer, c'est gagné ! Des tueurs nous guettent et tu te promènes avec plus d'argent que tu n'en as jamais eu. Pierre, si tu me disais plutôt la vérité !

— La vérité, Anne, c'est que tu as une heure pour boucler tes valises et disparaître, d'ici une heure ils vont revenir en nombre et ils ne feront pas de quartier.

Julie n'avait pas cessé de me serrer de toute la force de ses petits bras. Elle me regardait. Dans ses yeux émerveillés il y avait mille questions, beaucoup de peur et un amour immense. « Mon papa, mon papa chéri », répétait-elle, pour ne pas entendre tout ce que je disais.

— N'aie pas peur, mon bébé.

Et je l'embrassais, je l'embrassais, je l'embrassais…

Anne semblait avoir compris, elle courait d'une pièce à l'autre, jetant des affaires dans une valise et un sac de sport.

— N'appelle jamais ici, lui dis-je, tu es sur écoutes, ils te localiseraient immédiatement. N'appelle personne, tu m'entends, personne ! Je me débrouillerai pour joindre ton copain. Tu pourras m'écrire poste restante, premier arrondissement, au nom de Benjamin Plume. Répète.

— Benjamin Plume. Poste restante du premier arrondissement.

— Parfait !

Maintenant elle ne posait plus de questions, elle répétait.

— Tant que je ne te dis pas de revenir, restez cachées, c'est le seul moyen de sauver notre fille. S'il y a bien quelque chose que nous avons réussi ensemble, Anne, c'est notre enfant.

Nous pleurions tous les trois. Elle griffonna quelques mots sur un bout de papier qu'elle laissa sur la table du salon.

— Je lui dis que je pars, c'est tout, qu'il ne prévienne personne.

En pleurant nous éteignîmes les lumières, bouclâmes les bagages et la maison. Le jardin sentait bon l'automne mouillé et les fruits qui pourrissent doucement.

En pleurant je les suivis jusqu'à l'entrée de l'autoroute. En pleurant je regardai diminuer puis disparaître les feux de la voiture qui emportait ma fille et la femme avec qui j'avais vécu si longtemps.

À la première cabine que j'aperçus je composai le numéro de Sauveur.

— C'est moi ! dis-je.

— J'avais compris, le pape m'appelle toujours dans la journée, Julia Roberts après minuit. Tu ne peux plus te passer de moi ?

— Tu peux venir vite ?

— Où ?

— Château-Gombert… Tu vois l'église ?

— À peu près.

— Dès que tu peux, je t'y attends.

Nous y arrivâmes ensemble. Il me suivit en moto jusqu'à l'entrée du sentier. La campagne était silencieuse, aucune voiture. Seul un chien s'étranglait au loin en tirant sur sa chaîne. Il n'avait pas digéré les détonations.

En deux mots je lui racontai tout. L'homme qui m'avait suivi et que je venais d'abattre, le départ précipité d'Anne et de Julie.

— Où est-il ?

— Là-bas, sous les broussailles.

Il alluma une minuscule torche électrique suspendue à son porte-clés. Nous contournâmes le cabanon et je lui montrai le cadavre. Sauveur s'agenouilla, balaya le corps de son faisceau lumineux. La bouche était plus laide et féroce que sous le clair de lune. Il se tourna vers moi.

— C'est un miracle que tu aies atteint l'âge de la puberté !

— Qui est-ce ?

— Jamais vu… Sale tronche… Tu ne lui as pas fait de cadeau, tu lui as vidé tout le chargeur dans le buffet, c'est plus un ventre c'est une omelette aux truffes. Pour quelqu'un qui n'est pas un professionnel… J'imagine qu'il était armé ?

Je sortis l'arme de ma ceinture et la lui tendis. Il siffla.

— Lui en tout cas l'était, professionnel ! SIG P 226, quinze coups plus un. La Rolls des calibres !

Il vida toutes les poches du mort.

— Prends ces deux chargeurs et le SIG, je t'embauche comme garde du corps. C'est du neuf millimètres comme le Glock. Je te donnerai une boîte de balles. Avec ces deux bijoux tu deviens invincible, même Wolfo n'a qu'à bien se tenir ! J'ai ses clés, tu sais où est sa bagnole ?

— Sous les premiers lampadaires.

— Rapproche-la, on va l'embarquer.

J'avançai la 605 le plus près possible du cabanon et nous charriâmes le cadavre comme nous l'avions fait pour les deux autres près du bungalow de Cavaillon.

– On pourrait ouvrir ensemble une entreprise de pompes funèbres sans être menacés par le chômage, dis-je, les reins cassés par le poids de ce corps osseux et plein de plomb.

– J'ai l'impression que ton nouveau métier de journaliste te donne courage et esprit, dit-il, soufflant lui aussi comme un phoque.

– Moi j'ai la sale impression d'être entré par hasard dans une galerie de monstres et de ne plus trouver la sortie.

Le macchabée échappa à mes mains trempées de sueur et s'étala sur le chemin. Nous nous redressâmes un instant. La nuit était étonnamment douce, presque printanière, la pluie ne devait pas être loin.

– Le plus grand danger, ce n'est pas la mort mais le doute, me dit-il. Ce soir tu n'as pas douté.

– Ce soir j'ai protégé ma fille, un point c'est tout !

– Tu commences à me plaire. Si tous les écrivains étaient comme toi, je crois que je me mettrais à lire.

Nous pliâmes le truand dans le coffre de sa voiture.

— Il aurait fallu tout cramer, mais sans essence… Tu ne connais pas un coin par ici où la faire disparaître ? Pas question de traverser la ville à cette heure pour la balancer à la mer.

— À part le canal, mais il y a des murets tout le long… J'ai peut-être une idée. À quinze ans on jetait nos cyclos dans un trou d'eau très profond du côté d'Allauch et on les déclarait volés. Ce sont d'anciennes carrières de chaux ou de gypse qui ont été noyées. Si ça ne te dérange pas de prendre le corbillard et de me suivre…

J'eus beaucoup de difficulté à retrouver ces puits perdus au bout d'un chemin sous le village d'Allauch, tant les nouveaux carrefours, ronds-points et avenues avaient brouillé le paysage très simple que ma mémoire conservait de ce coin un peu lugubre de campagne. Nous nous égarâmes cent fois dans des zones résidentielles et des voies sans issue qui nous contraignaient à de savantes manœuvres.

Les phares que je voyais dans mon rétroviseur étaient ceux qui avaient représenté pour moi, quelques heures plus tôt, les yeux brillants de la mort. Ils me suivaient encore avec persévérance, mais l'homme à la bouche cruelle était passé dans le coffre.

Je me surpris à rire tout seul au volant de ma Clio, tant délirante était devenue ma vie. Mes nerfs lâchaient un peu. Enfin nous nous retrouvâmes au bord de carrières noyées. Adolescent, je n'y étais venu que de jour. La pénombre en faisait un gouffre sinistre. Combien de centaines de véhicules volés s'entassaient dans ces profondeurs effrayantes ?

Le cercueil de fer étincela une dernière fois en basculant vers des abîmes de vase, de ferraille et de nuit.

La rade de Marseille scintillait à nos pieds, rivière de diamants sur une robe noire. Une ville posée sur la mer. Je venais de tuer un homme, d'engloutir son corps, et jamais cette ville n'avait été si belle, si féminine, si humaine.

Il posa sa main sur mon épaule.

– Tu as du café dans ta chasse privée ?

– Je ne me sens tellement pas de rester seul que je suis prêt à aller t'en chercher au Brésil.

– C'est pas facile de flinguer un homme. Surtout le premier.

– Pour moi c'est le dernier, et c'est tout aussi dur.

Je préparai un café à tenir réveillée une colonie de marmottes. Les premières gouttes de pluie tapotèrent contre les vitres et le toit. Je fermai les volets, donnai un tour de clé et allumai un feu dans la cheminée, le matin j'avais pensé à rentrer quelques belles bûches et un fagot de petit bois.

Je sortis deux paquets de biscuits et nous nous installâmes devant les flammes, une tasse bouillante dans la main.

— La première fois que tu es venu à mon secours, tu m'as accompagné à Nice. Je t'ai demandé pourquoi tu faisais ça pour moi, tu t'en souviens ?…. Tu m'as répondu : « Je le fais pour Charlie. » Depuis plus d'un mois tu me protèges, tu risques ta peau, on fait ça pour un frère…

— Il y a beaucoup de frères qui ne feraient pas ce que Charlie a fait pour moi. Je l'ai connu il y a six ans aux Baumettes. Nous étions tous les deux au quartier d'isolement, c'est-à-dire chacun dans sa cellule sans jamais se voir. Pendant dix-huit mois on a parlé avec le miroir. Tu sais ce que ça veut dire ?

— Non.

— Tu te débrouilles pour cacher dans ta cellule un petit éclat de miroir. Quand les gardiens sont au kiosque tu le mets dans ta main et tu passes le bras à travers les barreaux, ça te permet de voir toute la façade du bâtiment. L'autre fait pareil quelques cellules plus loin et tu peux parler en voyant un morceau de visage.

— Pendant un an et demi vous avez communiqué comme ça ?

— Les QHS ont changé de nom, c'est le même isolement. Pas d'activités, pas de sport, pas de promenade commune. Rien. Tu tournes seul dans ta cellule puis dans une espèce de cage sur le toit. À part les gardiens tu ne vois personne. L'éclat de miroir, c'est un morceau de liberté que tu tiens dans la main. Tu mets un regard sur une voix. Tu ne peux pas te tromper sur un regard que tu attrapes comme ça, entre tes doigts chaque jour pendant dix-huit mois. Un jour Charlie m'a dit : « Si l'un des deux s'en sort il vient chercher l'autre. » J'ai dit : « Banco ! » Quelques semaines plus tard je me suis pris vingt piges pour attaque à main armée. Charlie a eu plus de chance, il a décroché le non-lieu, il est sorti à la barre dans une affaire où il risquait autant… J'ai quitté le QI et je me suis retrouvé en détention normale. Une semaine après j'avais un portable. Charlie me l'avait fait rentrer. On a continué à parler la nuit, sans miroir. C'est drôle, chaque fois que j'entendais sa voix, je voyais ses yeux. Tu les revois, toi, ses yeux ?

— Je l'ai vu grandir, Charlie, à quatre ans il avait le même regard qu'à vingt, très tendre parfois, très doux et cinq minutes après habité par la folie.

— C'est le regard que je connais le mieux sur cette terre. Une nuit il m'a demandé : « Tu marches dans quelle cour ? » Je lui ai répondu : « Sur le goudron, au B. » « C'est bon, samedi à quatre heures je viens te chercher avec un pigeon. » J'ai cru qu'il plaisantait. Le samedi à quatre heures pile j'ai entendu l'hélico.

— Il avait dit qu'il viendrait te chercher et il l'a fait ?

— Je n'y pensais même plus, on dit tellement de choses en prison pour tuer le temps, on se jure des amitiés éternelles et une fois dehors… Les prisons sont bourrées de mythos qui s'inventent des vies pour pouvoir exister. La plupart ont volé trois pintades et ils travaillent pour la mafia. Charlie l'a fait. L'hélico s'est immobilisé au-dessus des filins d'acier, la corde est tombée au milieu de la cour. Je me suis accroché au harnais et ça a commencé à tirer de tous les côtés. Je me suis retrouvé suspendu au-dessus de la prison. Deux mille mecs avaient les yeux tournés vers le ciel. Je voyais les gardiens dans les miradors, ils me fusillaient comme au ball-trap, les balles sifflaient autour de moi. Je ne sais pas à quel moment j'en ai pris une dans le cou. Je ne suis pas tombé parce que mon poignet était coincé dans le harnais. L'hélico s'est posé sur le stade, cent cinquante mètres plus loin pour que je puisse monter. Le moteur faisait un boucan de tous les diables et soulevait des nuages de poussière. On n'y voyait plus rien, ça continuait à canarder de tous les miradors. J'ai compris ce que c'était, le Vietnam. *Apocalypse Now !* Charlie criait et je ne pouvais plus bouger. J'entendais mon nom : « Sauveur, grouille-toi ! Monte ! » Il a fini par sauter. Il m'a pris sur son dos et m'a chargé dans l'hélico. Au moment où il allait monter il s'est pris une bastos lui aussi, dans la cuisse, il s'est quand même débrouillé pour grimper. Il y avait du sang partout. Ça pissait de mon cou mais je ne sentais rien. Charlie gueulait au pilote : « Décolle ! Décolle ! » Il avait perdu son calibre en sautant sur le stade.

– Et alors ?

– Je me demande comment l'hélico a pu s'arracher, il était criblé de balles. On s'est posés sur un stade à Cassis. Deux amis de Charlie nous attendaient dans une Golf GTI. Ils nous ont transportés dans une clinique privée où ils connaissaient du monde. On a été opérés tous les deux.

— Il faut être aussi dingue que Charlie pour venir te chercher aux Baumettes.

— Tu comprends mieux pourquoi je fais tout ça pour toi ?

— Oui et non… Je vais refaire du café, j'ai l'impression de vivre dans un autre monde. Si je ne me fais pas flinguer, j'aurais de quoi écrire vingt polars.

Dehors la pluie redoublait, elle hachait les volets. La lumière avait légèrement changé, le jour devait se lever.

— Sers-moi une dernière tasse et je file, me dit-il, j'ai une grosse journée. Avant de partir il faut que je te dise quelque chose.

— Quoi ?

— L'homme que tu as abattu et que nous avons jeté dans le gouffre était le frère de Wolfo. On le surnomme le Cobra.

— Le frère de Wolfo ?…. Comment tu peux ?….

— Je n'ai pas voulu t'en parler hier soir, tu étais déjà tellement sonné. Je l'ai reconnu tout de suite, ils ont la même tête. Wolfo est plus petit, plus sec, cent fois plus cruel. C'est une bête fauve. La même tronche. Il va falloir redoubler de prudence. Il doit être fou de haine. Deux de ses lieutenants étaient sur toi et disparaissent, maintenant son frère. Il ne doit plus rien comprendre, il recherche un écrivain qui possède une cassette et tombe sur un énergumène qui élimine sa garde rapprochée. C'est un malade du pouvoir, son seul argument, la terreur : bouteille d'acide, le rasoir style carpaccio, le blé noir.

— Le blé noir ?

— Une balle de 11.43 dans le cul, tu meurs dans d'atroces souffrances. Un raffiné, Wolfo !

— C'est un plaisir de commencer la journée avec toi, tu sais trouver le mot juste. Tu me redonnes envie de croire en l'humanité.

— La folie que tu viens de déclencher chez lui va peut-être nous servir, il risque de se découvrir.

— Si je comprends bien, je vais jouer le rôle de la chèvre…

— Avec Wolfo il n'y a plus de rôles, plus de règles. Une horde de fous furieux lancés dans un jeu de hasard. Il fallait que tu saches de quoi il est capable.

— Sauveur, je crève de trouille mais il a voulu s'en prendre à ma fille, elle n'a même pas dix ans. Avec toi et les amis de Charlie, je vais l'affronter, c'est un monstre. Tu sais à quoi je pensais hier soir quand son frère me traquait ? Je pensais que j'étais le chasseur. Il faut que

Wolfo soit sur nos traces, qu'il flaire avec sa gueule de monstre. Désormais c'est nous qui le chassons.

— Tu me laisses sans voix. La première fois que je t'ai vu au cimetière Saint-Pierre je me suis dit, encore un intello sans défense, si on lui enlève les livres je donne pas cher de sa peau. Tu as fait du chemin... Tu penses comme un voyou, comme un loup, ton instinct se développe très vite. Je me suis trompé. Comme quoi, la vérité d'un homme...

— Je suis les deux, Sauveur, un écrivain sans défense aujourd'hui, demain peut-être un loup. Tu étais bien pianiste avant d'être braqueur. La vérité change chaque jour. Pendant des siècles des hommes se sont entre-tués pour savoir où naissait le Nil. Certains étaient persuadés que sa source se trouvait dans le lac Tanganyika, d'autres dans le lac Victoria, d'autres encore citaient le lac Albert. Ils se sont étripés. Ils avaient tous raison, le Nil a trois sources. La vérité, Sauveur, est comme les sources du Nil.

— Tu me la recopieras celle-là, Marcel Proust, j'ai bien l'intention de la ressortir. Il y a tellement d'abrutis dans mon métier, je me demande s'ils comprendront... On peut les trouver quelque part, tes livres ?

— Apporte-moi plutôt des balles. Si on s'en sort je te les offrirai.

– Tu voudrais pas remplacer Wolfo des fois ? Calife à la place du calife ?

– Si des putes travaillaient pour moi, je les aiderais à monter un syndicat.

– Je comptais faire de toi un braqueur, pas un proxo. Mets dix balles dans chaque calibre, barricade-toi, roupille. Tiens, prends ce portable il est propre, tu pourras m'appeler d'ici.

Les rugissements de sa moto décrurent du côté de la ville, et ce fut le grand silence d'une campagne étouffée de nuages et gorgée d'eau.

Je vérifiai toutes les issues, remplis les chargeurs et m'étendis sur le lit, une arme dans chaque main. Le contact apaisant des crosses m'accompagna très vite vers les profondeurs du sommeil.

Voilà comment je m'endormis ce matin-là, alors que j'avais tué un homme, que toute une ville risquait de sombrer dans un bain de sang et que la pluie pianotait paisiblement sur mes vieilles tuiles romanes à deux pas de la rue où je m'étais endormi chaque soir durant des années, les lèvres posées sur le cou de ma mère.

Je me réveillai vers trois heures de l'après-midi, ou plutôt le mistral me réveilla. Il s'était levé et secouait le petit mas jusque dans ses fondements. Tuiles, portes, volets, tout branlait sous les mugissements. Mon estomac criait famine.

Je fis un saut au village, le Glock sur le ventre, le SIG dans le dos. Pas un seul duvet ne traînait dans un ciel rincé à l'eau claire, d'un bleu presque cassant. J'achetai une côte de bœuf, un paquet de spaghetti, du fromage râpé, un pain aux noix, et m'empressai de regagner ma tanière les yeux derrière la tête. Il y avait autant à craindre d'un tueur embusqué que des tuiles que les rafales commençaient à faire dégringoler sur les trottoirs.

Je m'enfermai à double tour, fis une bonne flambée, dévorai mon repas et laissai le vent dehors s'expliquer avec tout ce qui siffle, hurle, grince.

En temps normal j'adore m'endormir en écoutant les bourrasques se ruer contre les murs. Surtout si la couette et les murs sont épais. Ils l'étaient. Mon calme beaucoup moins. Entre deux assoupissements j'interprétais le moindre crissement. Et des crissements, dans un vieux bastidon, un jour de mistral…

L'aube n'avait pas encore glissé ses doigts gris dans les ténèbres de ma chambre quand des coups résonnèrent en bas, contre la porte. Je bondis comme un diable hors de son lit, une arme dans chaque main.

— C'est moi !

Je reconnus la voix de Sauveur. Ouf ! J'ouvris.

— Ne me fais plus ça, mon cœur a traversé la toiture ! J'allais tirer à travers la porte !

— Prépare-nous un café bien serré, ça s'accélère ! Je vais avoir besoin de toi. Il fallait s'y attendre, Wolfo a réagi au quart de tour. La police a retrouvé hier soir deux cadavres dans une Safrane carbonisée au bord de l'étang de Berre.

— Tu les connaissais ?

— Assez pour savoir d'où ça vient. Ils sont tombés dans un guet-apens. Ils avaient rendez-vous. La voiture a été criblée de balles de gros calibre puis arrosée d'essence et incendiée. Du travail très propre, si j'ose dire. Une exécution.

— Je le fais un peu plus fort que fort, si tu n'y vois pas d'inconvénient. Plus noir que ma vie depuis deux mois, ça me paraît difficile. Ne me dis pas que tu as besoin de moi, je le mange en poudre à la petite cuillère, dans le paquet !

— J'ai besoin de toi mais pas pour ce que tu crois. Bois-le tranquille, ton café, je t'expliquerai tout dans la bagnole.

Dix minutes plus tard nous étions installés dans le somptueux coupé Mercedes et nous roulions sous la lumière sanglante de l'aurore que seul le mistral sait attiser.

— Charlie a été transféré il y a une semaine dans la vieille prison d'Avignon. Nous allons donc à Avignon.

— J'imagine que tu n'as pas obtenu de parloir…

— Non, mais j'ai pu lui faire rentrer un portable. Et un portable, c'est un parloir ouvert jour et nuit.

— Je suis surtout rassuré qu'on ne s'y rende pas en hélicoptère. Avec un pigeon comme vous dites.

— La prison d'Avignon se prête mal à ce sport moderne. Trop moyenâgeuse. Et au Moyen Âge, qu'est-ce qu'il y avait ?….

— Des chevaliers…

— Non, des rats ! Des fleuves de rats… Or, il se trouve que les jours de fortes précipitations le Rhône monte, monte, et les cours de promenade de la prison, qui ne se trouvent pas loin du

Rhône, sont noyées par les eaux et envahies par les rats.

– C'est malheureux pour Charlie, il ne pourra pas se promener.

– Nous pouvons peut-être trouver par où passent les rats, les suivre et faire comme eux.

– J'ai horreur des rats !

– Moi aussi, mais ils peuvent nous mener à Charlie. Il est mis en cause dans plusieurs affaires, l'ADN aurait parlé, il risque de quinze à vingt ans. Faisons confiance aux rats.

– Hier tu voulais me faire jouer le rôle de la chèvre, j'espère que tu ne m'imagines pas dans celui du fromage.

Il éclata de rire.

– Pas celui du fromage, celui du rat. Du rat de bibliothèque. J'ai bien réfléchi, tu es exactement l'homme de la situation, journaliste, tu parles bien, pas trop laid. Tout pour endormir une innocente bibliothécaire. Je me suis renseigné, les archives d'Avignon sont dans la bibliothèque. À toi de jouer. Il faut que tu nous trouves depuis le Moyen Âge par où montent les rats.

La Bibliothèque Livrée-Ceccano n'ouvrait au public qu'à dix heures. Nous eûmes le temps de faire en voiture puis à pied le tour de la prison. Vieille bâtisse lugubre recouverte de tuiles canal, entourée de sombres murailles, dans l'ombre honteuse du palais des Papes.

— J'ai croupi là-dedans pendant six mois, me dit-il, les rats y sont plus gros que des chats. Au troisième étage il y a encore des inscriptions en allemand sur les portes de certaines cellules, tu te rends compte, ça n'a pas été repeint depuis la guerre. L'humidité mange les murs, c'est un puits de vermine. Débrouille-toi pour obtenir le maximum de renseignements sur l'histoire de la construction, surtout les sous-sols. Si nous arrivons jusqu'à Charlie ce sera par là. Laisse tes deux calibres dans la voiture, ajouta-t-il lorsque nous fûmes revenus devant la bibliothèque, je ne bouge pas. Passe la journée s'il le faut.

Je les glissai sous le siège.

— On en prend vite l'habitude. Je me sens aussi nu que saint François dans les rues d'Assise mais je ne marche pas vers Jésus.

— Tu marches vers une bibliothécaire qui t'attend à genoux.

— Présenté comme ça…

Le rez-de-chaussée était grandiose. On y annonçait une conférence : « Quelques éléments pour comprendre la peinture de Miró. » Je demandai les archives. Troisième étage, me répondit-on à l'accueil. J'escaladai un escalier digne des Tuileries.

On ne m'attendait pas à genoux mais le sourire aux lèvres. Deux jeunes femmes d'une vingtaine d'années, sans doute des stagiaires, plus tournées vers la vie que vers les rayonnages. Elles faillirent pouffer. J'avais entendu en m'approchant le mot « moustache ».

— Je suis journaliste à *La Voix du Nord*, leur dis-je. Je fais un reportage sur le palais des Papes et les bâtiments qui l'entourent. Je ne veux pas survoler mon sujet mais creuser un peu, travailler en profondeur si j'ose dire. Serait-il possible d'avoir accès…

Les deux sémillantes stagiaires m'interrompirent et allèrent en chercher une troisième. Moins souriante, plus réservée, en harmonie avec la beauté grave du lieu, mais tout aussi attirante et bien plus mystérieuse du haut de sa quarantaine un peu sévère, nourrie de livres et d'imagination.

– Vous n'êtes pas le premier, me dit-elle, historiens, étudiants, architectes, le palais des Papes intrigue le monde entier. Veuillez m'attendre ici, je fais un saut au magasin.

Je la regardai s'éloigner, mollets et fesses tendus par d'assez hauts talons. Léger vertige… Une silhouette à faire trébucher un chamois.

Cette fois les deux autres pouffèrent, elles avaient surpris mon regard exorbité. Je disparus derrière un mur de livres et fis semblant d'en tripoter quelques-uns. Je n'eus pas à tripoter longtemps, la responsable des archives revenait, trois épais documents dans les bras.

– Ce sont des monographies, vous pouvez les consulter ici autant que vous voulez. On ne fait pas le tour de mille ans d'histoire en une heure.

– Vous n'auriez pas crayon et papier ? J'ai tout oublié.

Elle pirouetta sobrement, se dirigea vers un bureau, revint. Quel petit miracle d'équilibre, de souplesse, d'intelligence musculaire. Quelle gifle dans mes entrailles ! Sexy à se damner ! Sans avoir l'air d'y toucher… Je faillis lui demander une gomme.

J'eus du mal après ça à m'intéresser vraiment à la vie des papes. Ce fessier restait incrusté dans mes yeux et apparaissait à chaque page. Pages que je tournais de plus en plus vite tant ce palais avait fait couler d'encre. Sur un papier fatigué et jauni des mots épuisants se bousculaient au fil des siècles : pilastres corinthiens, attique surmonté de balustres, rinceaux et ornements, cartouches en camaïeu, entablement à bossages, lambris or et blanc… Bref, de minuscules pattes de mouches se tordaient devant mes yeux alors que quelques mètres plus loin, dans l'un de ces couloirs de papier, cette femme sublime déplaçait l'air que je respirais. Pour moi qui n'en avais pas serré dans mes bras depuis Paul V et peut-être Clément VIII…

Soudain mon cœur sauta. Non, elle n'était pas venue s'asseoir sur l'une de mes cuisses, un sein appuyé contre ma joue pour m'aider à feuilleter le grimoire. Un mot venait d'accrocher mon regard, comme une épine de ronce se plante dans votre manche au passage et vous retient le bras. Je relus la phrase : « Notice historique sur le site de la prison d'Avignon. » Un mot enfin sur lequel je pouvais mettre un visage ! Je poursuivis : « Du prieuré de Fenolhet au pénitencier départemental. » J'y étais ! J'entrai dans l'îlot de la prison Sainte-Anne.

Dès lors le silence se fit autour de moi. J'oubliai courbes, grâce malicieuse, talons aiguilles, et lentement pénétrai dans l'enceinte romane et l'obscurité des oubliettes où Charlie moisissait.

J'appris ainsi que tout avait commencé en 1268, date à laquelle les frères de la pénitence de Jésus créent un prieuré à l'extérieur des remparts d'Avignon, entre le rocher des Doms et la rue Banasterie, au bord du Rhône. Ce prieuré devient un siècle plus tard un hôpital.

Les pénitents noirs s'installent dans les murs de cet hôpital et de l'ancien prieuré, et sous leur influence le site devient l'hospice des insensés. Jusqu'au milieu du XIXe siècle les fous tournent dans les cours de ces bâtiments qui ne comptent que seize cellules. C'est alors que l'on décide la construction du pénitencier départemental.

Grâce au Bic que m'avait fourni la divine documentaliste, je commençai à noircir mes feuillets. Tout d'abord ces lignes qui séchèrent ma gorge : « Sous le premier rempart du XIe siècle se trouve un fossé alimenté par un canal. Le fossé inondé, plus connu sous le nom de Sorgue, passait sous la rue des Trois-Colombes, venait buter contre le rocher des Doms et se déversait dans le Rhône par un bras orienté nord-sud… »

Et voici ce que je découvris deux pages plus loin…

« En 1344 des aménagements en relation avec le palais des Papes sont entrepris. On perce un égout. Partant de la tour des latrines il vient déverser ses immondices dans la Sorgue souterraine, à l'endroit où elle bifurque vers le nord, sous la prison... »

Voilà qui allait faire bondir Sauveur ! Ces lignes expliquaient sans doute l'inondation des cours de la prison lors du gonflement des eaux du Rhône par fortes pluies et l'apparition massive des rats...

Jusqu'à midi, sans relever la tête, je notai scrupuleusement tout ce qui pouvait nous renseigner sur les mystérieux sous-sols de ces bâtiments transformés durant neuf siècles. Que restait-il aujourd'hui de ces canaux, égouts et autres passages souterrains ?

Je ne levai les yeux qu'une seule seconde, le temps de m'assurer que personne ne m'observait entre deux haies de livres et, raclant ma gorge pour couvrir le bruit du papier que l'on déchire, j'arrachai trois pages. Sur la première figurait le plan de l'hospice des insensés et de la chapelle des Pénitents noirs. Sur la seconde, l'évolution topographique de l'îlot de la prison au fil des siècles, du premier prieuré à nos jours. La dernière livrait un plan exact du rez-de-chaussée de la prison Sainte-Anne avec ses cours actuelles, ses préaux, cuisines, cellules et anciennes loges transformées en salles de garde.

Je glissai cet inestimable trésor dans ma poche et me dirigeai vers l'entrée de la salle où les deux jeunes stagiaires pouffaient encore. Il y avait belle lurette qu'elles avaient dépassé le stade des moustaches.

Je déposai sur le bureau les trois monographies, jetai un dernier coup d'œil circulaire à la recherche de l'inoubliable fessier, ne l'aperçus pas. Peu importe, il était dans mes yeux pour les siècles à venir, aussi indestructible et majestueux que les remparts d'Avignon.

— Vous avez trouvé ce que vous cherchiez ? me demandèrent-elles, le sourire plein d'idées.

— J'ai trouvé mieux et j'aimerais bien en profiter un peu, répondis-je me penchant vers elles, les yeux débordant de rondeurs troublantes.

Leurs joues rosirent et leurs poitrines se soulevèrent. Sauveur m'attendait en écoutant de la musique.

— Au boulot ! dis-je. On n'est pas là pour beurrer les sandwichs !

— Alors ?

— Offre-moi un bon repas et je te raconte mille ans d'histoire, du premier rat au dernier pape.

Nous nous installâmes sur de confortables banquettes de moleskine rouge dans une brasserie place de l'Horloge et, après avoir commandé douze huîtres et douze oursins chacun, des moules, quelques violets et une bouteille de blanc, je fis descendre Sauveur dans le dédale des souterrains qui relient la chapelle des pénitents noirs à l'hospice des insensés.

– Je suis resté six mois dans ce trou, je ne me doutais pas qu'autant de moines, de fous et de rats avaient usé ces couloirs avant moi.

– Si nous trouvons le passage qui mène sous la prison, nous découvririons peut-être les secrets de ce sanctuaire. C'était la plus austère et la plus pieuse confrérie de la région.

– *Le Secret des pénitents noirs*. Tu as déjà le titre de ton prochain roman.

– Ça fait un peu littérature jeunesse…

– Avale ton café et filons, sinon Charlie ne lira plus bientôt que de la littérature vieillesse.

Les eaux du Rhône étaient café au lait. Sous les pluies diluviennes des jours précédents, elles avaient commencé à monter.

Les quais derrière la prison servent plus de parking que de promenade. Ils étaient calmes en ce début d'après-midi. Nous repérâmes trois sorties d'égouts, toutes fermées d'énormes barreaux rouillés.

— Tu m'as parlé de la rue des Trois-Colombes, va y jeter un œil, il y a peut-être une bouche d'égout intéressante. Je fonce acheter une disqueuse, on se retrouve ici.

Rue des Trois-Colombes il y avait deux plaques de fonte, l'une d'elles nous mènerait-elle sous la prison par cet ancien canal ?

Je gravis l'escalier Sainte-Anne vers le rocher des Doms. De là-haut je dominais toute la prison. Une femme perchée sur un mur hurlait, ses mains en porte-voix. Un homme que l'on ne voyait pas lui répondait derrière les barreaux d'une cellule. La femme criait qu'elle n'avait pas pu avoir le parloir mais qu'elle viendrait demain avec la petite et qu'ils avaient arrêté Tony !

Sa voix tragique se répercutait contre les sombres murs d'enceinte. On apercevait les lucarnes noires des plus hautes cellules aveuglées de treillis métalliques. Le plan dans ma poche correspondait bien à ce que j'avais sous les yeux. Longs bâtiments formant un rectangle autour de quatre cours de promenade.

Je fis les cent pas sur le quai. Enfin je l'aperçus.

– J'ai eu un peu de mal à dénicher une disqueuse qui marche sur batterie. J'ai acheté des casques de chantier, des bleus de travail et deux paires de cuissardes. On va se changer dans la bagnole, il faut que j'accroche les batteries tout autour de ma taille. On attaque tout de suite.

– Comme ça, en plein jour ?

– Tu en vois beaucoup des ouvriers qui travaillent à deux heures du matin, seuls à cinquante mètres d'une prison ? Tu vas voir le boucan de la disqueuse, heureusement qu'il y a de la circulation.

Du boucan elle en fit ! Je crus que tout Avignon tournait la tête vers nous. Des gerbes d'étincelles nous arrosaient. Nous avions commencé par l'égout central, celui qui filait droit sur le mur d'enceinte, en bleus de travail, casques jaunes et cuissardes vertes flambant neufs. Discret…

Sauveur attaqua la partie haute des barreaux. Accroché de tous mes muscles à la ferraille, je le soutenais afin qu'il ne tombe pas dans le fleuve. Tout son poids vibrait sur ma poitrine. Il travailla ainsi dix bonnes minutes, changeant de batterie à chaque barreau. Aussi dégourdi cet outil dans la main qu'avec un calibre. La rouille entrait dans mes phalanges et mes jambes tremblaient.

— Grouille-toi, je lâche !

Le morceau découpé tomba lourdement dans l'égout. Sauveur se glissa à l'intérieur. Je le suivis. L'eau s'engouffrait dans ce trou. Elle nous arrivait à mi-cuisse.

Il alluma une torche. Le boyau était mangé par une mousse vert sombre ; le plafond voûté recouvert d'une chevelure de lichen rouge et noir s'effritait. Une humidité glaciale nous transperça.

Nous avançâmes prudemment dans cette eau boueuse que remuait le fleuve. À chaque pas mes pieds glissaient. Sur quoi ?…. Je n'osais pas mettre mes doigts sur ce mur poilu pour garder l'équilibre. J'avais peur d'être mordu par un rat.

Plus nous avancions, plus la construction semblait abîmée. De nombreuses pierres s'étaient détachées.

— Ça m'étonnait…, dit Sauveur.

— Quoi ?

— Qu'on puisse atteindre le bureau du directeur aussi facilement.

En effet, dix mètres plus loin le boyau s'arrêtait. Muré !

— C'est un bouchon de béton de plusieurs mètres d'épaisseur, impossible à percer, nous sommes sous les murailles nord de la prison. Le voyage s'arrête là.

— Essayons l'égout suivant.

— Ce sera pareil… Tu penses bien qu'ils n'ont pas fait tout ce travail ici pour nous dérouler un tapis rouge dans le couloir d'à côté. Ça va être coton !

Nous rebroussâmes chemin. C'est alors que nous vîmes briller quelque chose à la surface des eaux, dans la lumière rasante de la torche. Des bulles glissaient en une trajectoire précise. Elles semblaient sortir du mur.

— Étrange…, me dit-il.

— De l'air… Un rat qui fait de la plongée sous-marine.

Il mit en marche la disqueuse et la promena délicatement sur la paroi. La mousse arrachée fusait avec de jolis bouquets d'étincelles jaunes et bleues. Sauveur nettoya la pierre sur une bande de plusieurs mètres.

– Regarde, me dit-il, ce n'est pas la même construction, ici ce sont des pierres de taille, là des moellons. Cette partie a été faite après. Les bulles se forment là, à la jointure, derrière il y a de l'air, du vide. C'est une chance que le fleuve soit en crue. En temps normal nous n'aurions vu que du feu.

– Tu penses qu'on a pu murer un passage ? L'égout est là depuis des siècles, il date sans doute du palais des Papes. C'est par là que passait leur merde, c'est toi qui me l'as expliqué. Tu as employé le mot immondices, ça m'a frappé, on ne l'utilise pas tous les jours. Ces moellons sont beaucoup plus récents. Ils ont fait ça en même temps que la prison, il y a une bonne centaine d'années, dix ans après plus personne ne le savait, ça va vite la mousse dans un frigo pareil.

– Il m'en aura fait voir, Charlie ! À cause de lui je risque ma peau jour et nuit, j'ai tué un homme et maintenant je marche sous terre dans la merde des papes. Et c'est un type que je n'avais pas vu depuis vingt ans !.... Vois-tu, Sauveur, si je racontais dans un roman le quart de ce qui m'arrive on me traiterait de menteur, les plus polis diraient que j'ai trop d'imagination, que je m'égare sur les pentes dangereuses de la fiction. Mais si j'en avais eu un brin, d'imagination, tu crois que je serais là avec de la merde qui me monte le long du corps, à essayer de comprendre d'où viennent les bulles ?

— Marche encore un moment dans leur merde, je vais acheter une masse et on se mange ce mur. Ce n'est peut-être pas la peine de sortir tous les deux avec la disqueuse. C'est un égout, pas le salon du bricolage. Je te laisse les batteries, commence à attaquer les joints avec le disque, ils ne doivent pas être terribles après cent ans d'humidité.

Ils étaient même friables et à moitié pourris. Travailler me permit de ne pas trop penser aux rats qui me nageaient peut-être entre les jambes. Sans Sauveur ce puits n'était pas que lugubre, il était terrifiant.

Si les gens qui m'avaient connu quelques années plus tôt pouvaient me voir en cet instant, pensai-je un sourire jaune sur les lèvres, mes proches, mon éditeur, quelques lectrices ou libraires… Je n'avais plus le moindre projet personnel ou littéraire, pas l'ombre d'une histoire d'amour. Je vivais comme ces Indiens, dont le nom avait fui ma mémoire, qui n'ont pour hier, aujourd'hui et demain qu'un seul mot et qui expriment les différentes nuances en indiquant l'arrière d'un geste pour hier, l'avant pour demain et le ciel au-dessus d'eux pour le jour qui passe.

Je n'avais même plus de ciel au-dessus de ma

tête et l'eau montait. Un rat. J'allais être fait comme un rat !

Sauveur revint avec la masse. Il commença à taper comme un sourd. Seul le premier moellon résista un peu. Un trou apparut, grand comme une boîte à chaussures. Sauveur y colla son visage puis introduisit son bras.

— Viens mettre ta main, il y a un courant d'air terrible ! C'est bien un passage condamné.

Mes cheveux se dressèrent.

— Pour me la faire bouffer par je ne sais quel monstre enfermé là-derrière depuis cent cinquante ans ! Ça me ferait mal aux seins !

Il reprit la masse et les moellons tombèrent de l'autre côté comme des dominos, plus rien ne les tenait.

Lorsque le trou fut assez large il s'y glissa, précédé du faisceau lumineux.

— Incroyable ! entendis-je. Arrive, c'est le fameux canal souterrain !

Sa voix semblait sortir d'un autre monde. Je le rejoignis. L'eau entrait maintenant dans nos cuissardes. Ce nouveau boyau plus haut et plus étroit faisait un coude et allait buter contre le rocher. Le bâti laissait place à un tunnel percé dans la roche. Nous débouchâmes dans une excavation naturelle, une espèce de grotte lacustre.

— Traverse le premier, lui dis-je, j'ai peur de tomber dans une fosse.

Avec le manche de la masse il tâta le sol devant lui. Je tenais la torche.

— Ça craque sous les pieds, me dit-il.

Il plongea son bras jusqu'à l'épaule, racla le fond et se redressa, la main pleine de vase sombre et d'étranges débris colorés. J'en pris un, le rinçai.

— C'est de la faïence.

— De la faïence, ici, sous terre ?

— Sous mille ans d'histoire.

Nous traversâmes à petits pas la caverne.

— Nous sommes sous le rocher des Doms, dis-je, sous la falaise.

L'étroite galerie continua un moment et bifurqua soudain sur la gauche à angle droit.

— Fais voir les plans.

Je les dépliai sous l'éclat de la torche.

— Nous sommes passés sous les remparts puis sous le rocher, nous devons être à peu près ici. Le canal filait nord-sud, il s'oriente maintenant plein est, dis-je, droit sur la chapelle des Pénitents noirs.

— On serait au cœur de la prison ?

— Ce plan le confirme. Regarde, la prison mesure cent quarante mètres de long. Nous en avons fait la moitié depuis la muraille avant de tourner. Elle en fait soixante dans la largeur. Si nous en avons fait trente nous ne pouvons pas être plus près du centre. Qu'est-ce qu'il y a au-dessus, toi qui y as vécu ?

— La grande rotonde centrale qui domine les quatre cours et au-dessus la coupole. On a trouvé le passage des rats.

— Désormais nous sommes immortels. Nous venons d'être élus sous la coupole dans l'académie des rats, dis-je solennellement. Tu imagines des milliers de rats en habit vert grouillant là-dessous avec une épée… Je n'en ai pas vu un seul depuis que nous sommes entrés.

— Eux te voient.

— Tirons-nous ! Il tombe peut-être des cordes dehors, l'eau peut monter en quelques minutes.

— On va laisser le matos dans la grotte, le plafond est plus haut. Ce soir je parle à Charlie et on revient demain.

Dehors, la nuit nous surprit. Elle semblait moins profonde que celle dans laquelle nous avions erré tout un après-midi. Le Rhône avait encore enflé, ses eaux noires grondaient contre la berge, celui qui y basculait était un homme mort.

— Je n'aurais jamais pensé atteindre la rotonde, me dit-il en franchissant les barreaux. C'est le Bon Dieu qui nous les a envoyées ces bulles !

– J'aurais préféré qu'il n'intervienne pas si vite, ça m'aurait permis de retourner à la bibliothèque feuilleter quelques bons vieux manuscrits et vérifier qu'elles existent bien, les plus belles fesses du monde !

– Tant que ça ?

– Des courbes à faire danser le be-bop à un archevêque.

– Ça m'a toujours excité, les intellectuelles, prononça-t-il rêveur.

Nous jetâmes dans le coffre du coupé cuissardes et vêtements trempés. Nous nous éloignâmes enfin de ces sinistres murailles.

— Ça fait une sacrée impression de se retrouver là-dessous. Je suis sorti de prison mais la prison n'est pas encore sortie de ma gorge… Pendant que tu te rinçais l'œil ce matin, j'ai réservé par téléphone deux chambres dans un motel à la sortie de la ville. J'y ai déjà dormi, tu ne vois personne. Je vais commencer par rester trois heures sous la douche. On doit sentir le rat crevé.

Il introduisit un CD dans le lecteur.

— Tu aimes le jazz ? me demanda-t-il.

— J'en écoute peu.

— Si tu n'aimes pas ce morceau, c'est que tu as une pierre à la place du cœur. Il m'arrive de pleurer en l'écoutant.

— Qu'est-ce que c'est ?

— *So What*. Trompette, Miles Davis. Sax ténor, Coltrane. Drums, DeJohnette. Contrebasse, Gary Peacock. Et au clavier, Herbie Hancock. Enregistré dans un caboulot de Pittsburgh dans les années soixante.

Cette voiture luxueuse conduite par un truand, l'évasion rocambolesque que nous préparions, ce morceau de jazz sous les lumières d'Avignon, j'avais l'impression d'être un acteur dans un film de Melville. Si le cinéma n'existait pas il y aurait beaucoup moins de voyous, pensais-je. Qui s'intéresse aux plombiers ?

Il gara le coupé en double file devant un camion de pizza et descendit. Le pizzaiolo attendait le client en feuilletant un magazine torride. J'en conclus que l'OM ne jouait pas. Combien de millions de pizzas cette équipe a-t-elle fait vendre ? Sur la couverture en couleurs, une femme entièrement nue se penchait en avant pour en montrer le plus possible.

Sauveur revint et déposa sur mes genoux un carton brûlant.

— J'en ai pris une aux trois fromages, ça te va ?

— C'est tout ce qu'on mange ? Trois oursins à midi, un peu de pâte le soir. Tu me prends pour un jockey anorexique ?

— On a le temps de s'envoyer en l'air. On a gagné une guerre, pas la bataille.

— Tu es sûr de tes sources ?

Un peu à l'écart de la route, sous les arbres,

le motel était confortable et paisible. Nous dévorâmes la pizza dans sa chambre et chacun s'enferma dans les vapeurs de sa salle de bains. J'étendis mon bleu de travail au-dessus de la baignoire et me calai dans le lit. Un coussin dans mon dos, je taquinai un peu la télécommande. Je finis par tomber sur un film de Tarantino que j'étais allé voir au cinéma quelques années plus tôt. Je le trouvai reposant. Dans les banlieues mornes et ensoleillées de Los Angeles, les gangsters étaient beaucoup moins cruels qu'à Marseille.

J'allais m'endormir assis dans mon lit devant ce polar quelque peu mélancolique lorsque Sauveur entra.

— Excuse-moi. C'est l'heure où Charlie m'appelle entre deux rondes, ça te permettra de lui dire bonjour.

— La dernière fois que je lui ai dit bonjour, ça a déclenché un cataclysme.

— Justement, tu allais t'endormir sans donner un tour de clé. Où sont les calibres ?

— Quand tu es à côté, je me sens moins l'âme d'un samouraï.

— S'ils débarquent il faudra faire parler toute l'artillerie.

Il jeta un coup d'œil sur le petit écran.

— J'ai essayé de regarder, ça parle, ça parle, il ne se passe rien. C'est pas le meilleur rôle de De

Niro. Tu as vu *Heat* de Michael Mann ? Un face-à-face Al Pacino, De Niro ! Deux monstres !

Un peu avant minuit son portable vibra. Je coupai le son de la télé.

— Comment ça va, mon poteau ? dit-il d'une voix soudain basse et sourde, comme si on risquait de l'entendre sur une écoute ou de la chambre à côté. On a passé la journée au royaume des rats… Oui, ton ami l'écrivain. On a découvert un passage… Ils sont où ?…. Presque sous la chapelle ?…. Je n'ai pas fait tous les mitards de France… Non, il refuse de te parler, sa vie est un cyclone.

— Un cataclysme ! dis-je.

— Un cataclysme ! répéta-t-il. Demain soir même heure… D'accord… Ciao, frère !

Sauveur remit le portable dans sa poche.

— Il t'embrasse, il te remercie pour tout.

— Pas moi.

— Les cachots sont au sous-sol, je l'avais oublié. Après la grande rotonde, le plus près possible des Pénitents noirs. C'est là qu'il faudra percer demain. Si on les trouve, il se débrouillera pour s'y faire mettre un peu au frais. Maintenant au dodo. On a une grosse journée demain. Garde tes flingues à portée de la main et barricade-toi. À la moindre alerte frappe fort à la cloison. Dès qu'on sera hors d'eau j'irai te louer *Heat*, c'est un chef-d'œuvre. Ce n'est pas un film que tu regardais, c'est une conférence.

Ma nuit fut très agitée. J'allumai et éteignis plusieurs fois la télé. Tournai et retournai dans mon lit sans parvenir à attraper le sommeil. Lorsque Sauveur frappa à la porte je venais enfin de sombrer. J'entrouvris. Une belle lumière rose et or découpait à l'horizon de lourds nuages noirs.

— Tu as fait l'amour avec la porte ? me demanda-t-il.

— Je n'ai pas fermé l'œil.

— On va s'envoyer un bon petit noir et quelques croissants chauds... Je ne peux pas t'obliger à venir. Si tu m'accompagnes là-bas dessous, tout sera plus facile.

— Tu y vas pour Charlie, il t'a rendu la vie. Toi tu me l'as sauvée. J'y vais pour toi.

Je m'en fis presser deux bien serrés, dans le bistrot le plus proche de la bibliothèque avec l'espoir de l'apercevoir.

— J'aimerais bien savoir ce que ça veut dire

pour toi, les plus belles fesses du monde. Sans les avoir vues j'en ai rêvé toute la nuit.

— Hier, en la regardant marcher, j'ai pensé à un proverbe espagnol qui dit à peu près ceci : « Ce que les vers pourront bouffer, que le chrétien le regarde. »

— Que le chrétien le bouffe, tu veux dire !

En guettant le trottoir nous vidâmes le panier de croissants.

— On reviendra demain, me dit-il, et après-demain. Je veux que Charlie soit avec nous quand surgira le plus beau cul du monde.

Nous nous rendîmes dans la grande surface de bricolage où il avait trouvé la disqueuse et il acheta un perforateur pneumatique, de nouvelles batteries, aiguille, massette, un escabeau en alu de deux mètres cinquante et des lunettes de protection. Il régla en liquide.

Le quai était aussi calme que la veille. Un homme se gara trois voitures plus loin et parut étonné de voir deux ouvriers enfiler leurs bleus près d'un coupé Mercedes. Il était vêtu comme un employé de banque et dut revoir sa copie sur les métiers manuels. La pluie recommença à tomber.

Sauveur entra dans l'égout. Je lui fis passer le sac d'outils et l'échelle avant de m'y glisser. L'eau n'avait pas baissé. Cinq minutes plus tard nous étions sous la grande rotonde, au cœur de la prison.

— Charlie a dit presque sous la chapelle. Les cachots souterrains devaient exister du temps des moines, on y enfermait sans doute les fous dangereux. On va compter encore vingt mètres à partir d'ici vers la muraille est.

Nous fîmes ces vingt pas.

— De toute manière on n'a pas le choix.

Il braqua la torche sur un nouveau bouchon de béton.

— Maintenant c'est une question de chance. Il ouvrit l'escabeau et grimpa.

— Mets tes lunettes de protection et tiens-moi l'échelle.

Il brancha le perforateur et attaqua le mortier au-dessus de sa tête. Les premiers plâtras se détachèrent et dégringolèrent sur nos casques.

— Ça fait trop de bruit ! hurlai-je.

— Dans la journée il y a des travaux partout, même dans les prisons !

Une grosse pierre chuta à trente centimètres de moi. L'eau fouetta mon visage.

— C'est bon ! cria-t-il. Ça vient ! Éclaire-moi mieux !

Il fit pétarader son engin pendant un bon quart d'heure, le vacarme roulait dans ces boyaux noyés.

— À toi, j'ai les épaules en feu.

À mon tour je mitraillai le plafond, recevant sur la tête, terre, pierres, vieux mortier pourri.

Quand les miennes d'épaules flambèrent, il remonta et travailla avec l'aiguille et la massette. Durant des heures nous nous relayâmes. Nos muscles étaient en bois. Nous avions gagné trois barreaux sur l'échelle. Il était debout sur la petite plate-forme et le haut de son corps disparaissait dans le trou.

Brusquement, je m'aperçus que l'eau montait. Le matin elle nous arrivait à mi-cuisse, elle allait atteindre mon nombril. Absorbés par la tâche et trempés de sueur, nous ne nous étions rendu compte de rien.

– Sauveur, criai-je, barrons-nous ! Ça monte !

– Je crois que j'y suis presque ! Je frappe sur du dur !

– On va rester coincés !

– C'est bon, dit-il en redescendant, je suis sous la dalle.

– Encore quelques minutes et on y est définitivement !

Nous déposâmes les outils dans une niche de la grotte et sortîmes par le grand collecteur. La pluie n'avait pas cessé. La puissance du Rhône me suffoqua.

Les lampadaires illuminaient déjà la longue dentelle blonde des remparts de la ville. Nous avions creusé pendant plus de sept heures sans souffler, sans boire, sans manger. Sans un mot nous regagnâmes le motel. Nous savions tous les deux que si la pluie continuait à tomber toutes les canalisations seraient noyées. Les rats surgiraient dans la prison. Pas nous.

Je pris une douche éclair, me jetai sur le lit et m'endormis comme une brute.

Sauveur me réveilla vers dix heures du soir.

— Je t'aurais bien laissé dormir mais j'ai horreur de manger seul. J'espère que tu aimes la cuisine viet. Il posa sur la petite table, en les énumérant, plusieurs barquettes emballées dans des feuilles d'aluminium. Rouleaux de printemps, beignets de crabe, de crevettes, poulet au caramel, riz cantonais. J'adore les mangues, j'en ai pris deux, et deux bières chinoises.

Pendant que nous mangions, je regardais les trois feuillets que j'avais déchirés à la bibliothèque. Je ne les avais consultés que dans les égouts à la lumière de la torche. Au recto, les plans que je commençais à connaître de l'hospice des insensés à l'actuelle prison. De minuscules caractères d'imprimerie noircissaient le verso. Le titre d'un paragraphe attira mon attention : « La cérémonie de la délivrance. » Je lus, et mon étonnement alla grandissant.

— Nous n'organisons pas une évasion, dis-je

à Sauveur, nous renouons avec une tradition vieille de cinq siècles. Écoute un peu ça. Un beignet de crabe à la main, je lui lus le passage : « La confrérie des pénitents noirs avait le privilège d'accompagner au supplice les condamnés à mort. Elle avait obtenu en outre celui, tout à fait exceptionnel, de délivrer chaque année un prisonnier. Le pape accordait cette faveur le jour de la fête de la Décollation de saint Jean-Baptiste. La "délivrance" donna lieu dès le début à une cérémonie fort importante. Le recteur de la confrérie demandait l'élargissement du détenu qui ne devait pas être condamné pour crime d'hérésie, de fausse monnaie, de falsification des lettres apostoliques, de lèse-majesté ou d'empoisonnement... » Ce n'est pas le cas de Charlie ?

– Charlie n'empoisonne que ta vie. Continue, si nous nous faisons serrer ce texte nous innocente.

– « La grâce signée, les pénitents vêtus de leur cagoule noire se rendaient à la prison installée dans les bâtiments ouest du palais des Papes. Ils étaient précédés de suisses et de violons. Le geôlier leur livrait le condamné, les menottes aux mains, garrotté et lié, comme s'il allait au supplice. Le condamné était conduit en procession à la chapelle des pénitents. Il marchait en tête tenu par une chaîne d'argent.

Arrivé dans l'anti-chapelle le recteur brisait les fers avec un marteau, coupait les cordes, revêtait le patient d'une robe rouge et le coiffait d'une couronne d'olivier avec ses fruits. Puis il le conduisait à l'autel au chant du *Te Deum*. On partait ensuite pour une longue et lente procession à travers la ville après avoir escaladé le rocher des Doms. » Incroyable ! Nous faisons le boulot des pénitents noirs ! Où allons-nous dénicher la robe rouge et la chaîne d'argent pour Charlie ?

– Chez Monsieur Bricolage. Toi, rédige la supplique au pape, avec ton style ça devrait marcher. J'imagine la tronche de Charlie ouvrant la procession, des olives sur la tête, entouré de violons...

À cet instant son téléphone vibra.

– C'est le condamné qui vient demander grâce, me dit-il gravement.

Et collant le portable à son oreille il poursuivit :

– Ici le recteur de la confrérie, à qui ai-je l'honneur ?.... Nous étions en train de préparer la cérémonie. Préfères-tu une lente et solennelle procession à travers la ville avec violons ou une sortie beaucoup moins glorieuse par les égouts ?.... Comment ça tu ne comprends rien... Je ne fréquente pas le troupeau informe des voleurs de poules comme toi, je côtoie des écrivains… Si tu veux être élu à l'académie des rats, débrouille-toi pour te faire enfermer au cachot dès le lever du jour… Non, je ne me suis pas fait une poutre ! Est-ce que tu connais l'heure des rondes dans les cachots ?…. Bon, nous devrions y être entre midi et deux. Mets une droite dans la bouche du gardien, mange l'oreille de quelqu'un mais fais-toi coûte que coûte mettre au cachot avant midi… Quand même… Tu en as mis du temps ! Demain midi au sous-sol pour l'ouverture de la cérémonie !

Il rangea son portable.

— Si tu l'avais entendu gueuler ! C'est quelque chose l'illettrisme tout de même… Finissons les restes de Diên Biên Phu et au pieu, la journée s'annonce riche en rebondissements.

À huit heures du matin nous étions dans le bistrot, petit noir et croissants chauds dans les mains, les yeux rivés sur l'entrée de la bibliothèque. À quelle heure fallait-il venir pour voir passer ce miracle de grâce et de beauté ?

— Avec ce qui nous attend, dis-je, la simple apparition de ces fesses m'aurait mis du baume dans les épinards et du beurre dans le cœur.

— Arrive, tu me rends malade, j'ai encore rêvé. La pluie avait dû s'arrêter de tomber dans la nuit. Le Rhône rugissait.

— On ne peut pas y aller aujourd'hui, Sauveur, regarde, le niveau a encore grimpé.

— Je connais Charlie, à l'heure qu'il est il nous attend déjà au cachot.

Il passa le premier à travers les barreaux sciés. Je n'avais pas le choix. L'eau nous arrivait à la poitrine. Les remous nous plaquaient contre la grille. Notre progression fut lente jusqu'à la grotte. Les bras en l'air pour ne pas mouiller le matériel, nous arrivâmes sous la dalle et il commença à travailler.

— Fais-moi passer la disqueuse ! cria-t-il. C'est ferraillé !

Perforateur, disqueuse, perforateur… Pendant plus de trois heures nous fîmes trembler le Moyen Âge. Lentement l'eau montait.

— Ça y est, dit-il enfin à voix basse, j'ai traversé. J'aperçus en effet au-dessus de ma tête un œil de lumière. Il se pencha.

— Quelle heure est-il ?

— Midi et demi.

— La ronde est passée, c'est le moment ou jamais. Dans cinq minutes on voit la tête de Charlie ou celles de trente flics.

Le trou s'élargit très vite, le ciment sautait de tous les côtés.

— Monte, tu vas m'aider !

Je le pris sur mes épaules, le soulevai. Il passa la tête par le trou.

— C'est bon ! cria-t-il.

— Qu'est-ce que tu vois ?

— On est dans un cachot, repose-moi !

Quelques coups de massette suffirent. Je le repris sur mes épaules, gravis les barreaux jusqu'à la plate-forme et son poids soudain disparut. Il venait de se hisser à la force des bras.

— Fais-moi passer la masse !… C'est bon, accroche-toi !

Il me souleva. Battant des pieds dans le vide, je parvins à me rétablir et me retrouvai à quatre pattes sur le sol du cachot. Un homme était assis sur une paillasse jetée par terre, les genoux repliés sur sa poitrine. Appuyé contre le mur il nous regardait distraitement, comme on regarde les gens passer dans la rue. Sauveur n'y fit pas attention, à coups de masse il s'attaqua à l'épaisse porte de bois.

— À toi ! souffla-t-il après quelques minutes. On a de la chance, le mur est pourri.

La serrure finit par céder. Nous étions dans un couloir étroit faiblement éclairé. Derrière l'une des portes je reconnus la voix de Charlie.

Des coups de sifflet retentirent au-dessus de nos têtes. On entendit courir de tous les côtés. Des hommes hurlaient. Dans tous les cachots les punis se mirent à cogner furieusement.

Des surveillants apparurent derrière des grilles, en haut d'un escalier. Sauveur sortit son calibre et les braqua. Ils se jetèrent sur le côté. Je savais qu'il ne pouvait pas tirer, les balles étaient restées dans l'eau toute la matinée.

— Fracasse sa serrure ! me cria-t-il. Je les tiens en respect !

Je fis voler la masse autour de moi. Des éclats de plâtre et de bois fusaient dans le couloir.

— Plus fort ! Les flics vont débarquer d'une minute à l'autre !

La porte s'ouvrit enfin. Charlie apparut. Il souriait.

— Descendez, je vous couvre ! gueula Sauveur.

L'homme assis sur la paillasse n'avait pas bougé d'un millimètre. Malgré l'effroyable vacarme il nous regardait comme de simples passants.

Je m'assis au bord du trou et me suspendis dans le vide. Mes pieds cherchèrent l'échelle. Elle avait disparu. Je me laissai tomber dans le canal. Charlie et Sauveur suivirent. L'échelle avait été emportée par le courant. L'eau entrait encore.

Nous nagions plus que nous ne marchions dans une obscurité totale. Nous avions perdu la torche.

— Suivez le mur de droite ! hurla Sauveur. Ne le lâchez pas !

Après le coude je sus que nous traversions la grotte, l'eau y tourbillonnait. Ici elle nous arrivait au menton.

Enfin j'aperçus une vague lueur. J'atteignis la brèche et basculai dans le grand collecteur. L'eau touchait presque le plafond. Elle bouillonnait. Il fallut nager à contre-courant pour s'accrocher aux barreaux. Nous étions secoués comme des draps étendus un jour de mistral. Le plus difficile fut d'attraper le bord du quai sans être emportés par le fleuve. Charlie y parvint le premier et nous agrippa fermement. Nous nous engouffrâmes ruisselants dans la Mercedes.

– Nous avons vingt minutes pour rejoindre les petites routes, après il y aura des barrages partout, dit Sauveur, en laissant un centimètre de gomme au-dessus des égouts où nous venions de passer trois jours.

– Par où tu veux passer ? demanda Charlie.

– Les Alpilles. On contourne Saint-Rémy, Les Baux, et on fonce sur Martigues et la côte Bleue par des routes qui figurent à peine sur la carte. J'ai passé ma soirée à l'étudier. On va s'enterrer dans le pigeonnier de l'écrivain le temps que ça se tasse. Ils t'ont mis au cachot facilement ?

– J'ai pas fait dans la dentelle. Quand le surveillant a ouvert ma cellule ce matin je lui ai dit : « Tu peux pas dire bonjour comme tout le monde ! » et je lui en ai collé un entre les yeux. Il a traversé le couloir et s'est écrasé contre le mur. C'était plutôt un brave mec. Dix minutes plus tard j'étais en bas. À l'heure qu'il est, il a dû comprendre mon geste. J'espère qu'il m'excusera.

– Le type assis sur sa paillasse, lui demandai-je, pourquoi ne nous a-t-il pas suivis ?

– Il y a trente ans qu'on le change de prison. Il vit comme un mur, il pense comme un mur. Si tu le fais sortir il tombe en poussière.

Le regard absent de cet homme était entré en moi aussi profondément que ce labyrinthe souterrain où j'avais failli me noyer. Nous roulions sur de petites routes désertes bordées de fermes et de champs et ce regard était devant mes yeux. Après trente ans de cellule, on ouvre la porte à quelqu'un et il ne sort pas.

– Je suis désolé, Pierrot, pour ce que je t'ai fait subir depuis trois mois, Sauveur m'a tout raconté. Sincèrement désolé. J'ai foncé chez toi, je n'avais pas le choix.

Qui m'avait appelé Pierrot depuis vingt ans ?

– La cassette reste un mystère, ni la police ni les tueurs de Wolfo ne l'ont retrouvée. Elle a pourtant bel et bien disparu.

– Ne t'en fais pas, à partir d'aujourd'hui on va s'occuper de Wolfo. On ne va faire même que ça.

Pendant trois jours nous nous enterrâmes, comme avait dit Sauveur, dans mon bastidon. J'allais faire quelques courses au village et nous cuisinions. Trois jours à manger, dormir, regarder une petite télé et lire, la presse surtout. Chaque matin une demi-page au moins racontait nos exploits et les maigres pistes laissées à la police.

« Pour la première fois depuis des années la maison d'arrêt d'Avignon a été le théâtre d'une rocambolesque évasion. Un individu fiché au grand banditisme a réussi à prendre la fuite par les égouts, après s'être débrouillé pour être mis au cachot. Selon les premiers éléments d'une enquête qui s'annonce difficile, menée par le SRPJ, Charlie Branco, l'évadé, serait l'un des caïds du milieu marseillais. Ses complices travaillaient depuis plusieurs jours dans des égouts abandonnés. L'évasion de cette très grosse pointure pourrait être liée à la guerre qui fait rage depuis deux ans autour du marché des machines à sous dans notre région. Ce redoutable truand serait également lié aux braquages de plusieurs fourgons blindés à travers le pays et au-delà de nos frontières.

« Par ailleurs ce voyou d'envergure internationale pourrait être l'homme qui organisa il y a trois ans la spectaculaire évasion en hélicoptère de la prison des Baumettes, lors de laquelle une autre célébrité du grand banditisme s'était fait la belle par les airs malgré les filins d'acier et les tirs nourris des miradors. De là à penser qu'il pourrait y avoir un lien… »

— Tu as fait du chemin depuis la petite rue de notre enfance, dis-je un jour à Charlie.

— Un chemin de croix ! J'aurais préféré écrire des romans. Je ne sais pas si tu t'en souviens, c'est toi qui faisais ma rédaction à la rentrée, « Racontez vos vacances ». J'avais passé mes vacances à piquer tout ce qui me tombait sous la main et tu racontais que j'étais allé voir les vaches à la montagne en cueillant des noisettes. La première fois que j'ai vu de vraies vaches, j'étais en cavale, je devais avoir vingt ans.

— Moi c'est dans le commissariat du premier arrondissement, j'avais treize ans, dit Sauveur, depuis je bois du lait de soja.

– Ce n'est peut-être pas une raison pour attaquer tous les fourgons qui passent.

– Pierrot, la presse exagère toujours, ajouta Charlie, caïd, milieu et pourquoi pas parrain ? Ça fait vendre les journaux.

Sauveur avait planqué la Mercedes dans un box, il ne se déplaçait qu'en moto, très rapidement. Un soir il revint avec deux bouteilles de Veuve Clicquot.

— On va faire péter ! Je crois qu'on tient enfin une bonne info ! Tony l'élégant a mis une femme superbe dans les bras d'un des plus proches lieutenants de Wolfo. Il en est devenu dingue et l'emmène partout. Le type a loué une très belle villa entre Saint-Cyr-sur-Mer et Bandol, dans la résidence de Port-d'Alon.

— Je connais bien l'endroit, dis-je. Les parents de la femme avec qui j'ai vécu des années y habitent, nous y allions presque tous les week-ends. Les grands-parents de ma fille si vous préférez.

— Fabuleux ! Tu as été précieux jusque-là, tu deviens indispensable. Les grands-parents ne vont pas s'ennuyer ! Une importante réunion serait prévue dans cette villa pour les jours qui viennent. Wolfo sera là entouré de sa garde prétorienne et des principaux responsables de ses filières. Ils sont en train de réorganiser tout le marché de l'héroïne.

— J'en ai entendu parler en prison, dit Charlie. Il fait fabriquer une poudre haut de gamme, label AOC, dans des labos en Roumanie.

— Exactement. Les Balkans restent le haut lieu de la chimie de la dope. La Sorbonne des stups. Wolfo est son propre fournisseur, ses labos tournent plein pot et l'alimentent jour et nuit. Sa potion magique lui revient une poignée de figues. Il réunit les trois conditions qui lui permettent de cartonner. Un : qualité du produit. Deux : jamais en rupture de stock. Trois : des prix tellement bas que la liste des dépôts de bilan des « droguistes » ne cesse de s'allonger. Il embauche à tour de bras et toujours en CDD.

— En CDD ? l'interrompis-je.

— Camé à durée déterminée. Le personnel se casque tout seul sur la marge de vente. Quand il y a des impayés, Wolfo envoie ses molosses.

— Tony l'élégant est sûr de la gonzesse ? demanda Charlie.

— Aussi intelligente que belle ! Je la connais bien. Une authentique princesse. J'ai fait mettre la villa sous surveillance. Des hommes se relaient, ils l'observent avec de puissantes jumelles de la colline d'en face. L'élégant s'occupe de tout. Ils vont tenter de se rapprocher avec canon à sons et caméra infrarouge.

— Qu'ils s'avancent sur des œufs, il a le flair d'un fauve et la baraka, dit Charlie. Il n'y a plus qu'à attendre et à faire péter ! À tous les sens du terme !

Nous dînâmes au champagne.

Avec un peu de retard, je ramenai la Clio de location au garage et fis un saut à la poste du premier arrondissement. Rien pour Benjamin Plume. Anne avait trop de mémoire pour oublier un nom aussi singulier. Avaient-elles franchi une frontière ? Voyageaient-elles en train et en car comme je le lui avais conseillé ? Si le plan de Sauveur pouvait aboutir… Éliminer Wolfo. Toute notre énergie, notre intelligence et notre volonté devaient se concentrer sur la destruction de ce monstre. Julie n'allait plus à l'école… Je la revoyais, penchée sur son cartable chaque soir, elle le nettoyait avec une éponge humide puis le parfumait. Elle adorait sa maîtresse, ses copines et tout ce qu'elle apprenait. Maintenant elle était sur les routes, son petit ventre plein de peur. Un monstre !

Le lendemain matin à huit heures, Sauveur reçut un message.

– La réunion aura lieu ce soir même, nous

annonça-t-il, dans la villa de Port-d'Alon. Dix hommes environ. L'état-major de Wolfo au grand complet.

Dès cette minute tout s'accéléra.

Nous dépliâmes sur la table une carte de l'Institut géographique national. Échelle 1 : 50 000.

— Le domaine de Port-d'Alon se trouve ici, leur expliquai-je, entre La Madrague et Bandol. Une centaine d'hectares de forêt coupée du reste du monde. D'un côté des falaises abruptes qui tombent dans la mer, de l'autre une clôture qui court dans une colline impraticable. Entre les deux, trois cents villas luxueuses dissimulées sous les pins parasols. Résidence absolument privée. Des gardiens tournent jour et nuit dans les allées et contrôlent à l'entrée un portail électronique. Seuls les propriétaires et leurs invités, dont les noms figurent sur un cahier, peuvent y pénétrer.

— Et par la mer ? me demanda Charlie.

— Il y a deux ou trois criques étroites où l'on peut accoster entre les falaises.

— Suicidaire, dit Sauveur. On n'attaque pas une villa de cette importance où dix hommes armés jusqu'aux dents se tiennent sur leurs gardes. Sans compter les sentinelles autour. Même au lance-roquettes, il faudrait faire tomber toute la baraque. Démentiel !

— Et cette petite route ? me demanda Charlie, penché sur la carte.

— C'est la seule voie d'accès à la résidence, deux ou trois kilomètres de lacets à partir de la départementale.

— Tranquille ?

— Absolument déserte.

— Même pas quelques villas isolées ?

— De la caillasse, des broussailles et des pins. Un orphelinat perdu au milieu des vignes et une boîte échangiste qui n'ouvre que le week-end.

— C'est là qu'il faut les exploser ! fit Charlie. Et faire un maximum d'orphelins. Après leur réunion, en pleine nuit. Dès que Wolfo quitte la villa, l'élégant nous appelle et on le fume dans l'un de ces lacets.

— La route passe à combien de la mer ? me demanda Sauveur.

— Ici, juste après la pointe du Deffend, elle frôle une petite plage, cent cinquante mètres…

— C'est là que nous les attendrons, dit-il, parce que nous ne repartirons pas par la route mais par la mer. Je vais téléphoner tout de suite pour que nos amis préparent un zodiac avec assez de chevaux pour s'enlever du milieu.

Il souleva la tête et me regarda.

— Ce soir beaucoup de sang risque de couler, les types que nous allons affronter sont tous des assassins, tu n'es pas obligé de venir avec nous, on t'a déjà tellement demandé.

— Je suis le seul à connaître ce coin paumé comme ma poche. J'ai plongé de tous ces rochers et je me suis baigné dans la moindre crique. La plupart de ces villas, je les ai vu construire. J'aimerais bien retourner là-bas avec ma fille, tranquillement. Le rendez-vous de ce soir a quelque chose d'extraordinaire, c'est dans la crique où nous allons attendre Wolfo que Julie a appris à nager.

— Wolfo vient du mot loup, plaisanta Sauveur. Espérons que nous ne serons pas les trois petits cochons.

Sauveur s'absenta et ne revint qu'en début d'après-midi, au volant d'un BM X5 noir.

– C'est parti, nous annonça-t-il, j'ai toute l'artillerie dans le coffre, les Corses nous attendent au rond-point du Prado. Grimpez !

Ils nous attendaient en jouant aux cartes dans un petit bar-tabac à deux pas du Stade-Vélodrome. Ils grimpèrent à leur tour.

– Je te présente Francis et son frère José, me dit Charlie. Tu peux leur mettre n'importe quelle arme dans les mains, ce sont les meilleurs.

– Pour le sanglier peut-être, ce soir on tire le cochon, répondit José, avec l'accent fabuleux de mon grand-père maternel. Je reconnus l'intonation propre aux Bastiais.

Ils étaient tous deux vêtus d'épaisses vestes de chasse et j'eus la sensation que nous partions pour une simple battue. Par La Gineste, puis Cassis, nous rejoignîmes le petit port de La Madrague. Un homme nous attendait sur le quai.

Les armes étaient dans des sacs en toile de marin, il les chargea sur le zodiac et s'occupa du BM. Quelques minutes plus tard, après avoir contourné les falaises sauvages de la pointe du Deffend où ne s'accrochaient que de rares buissons de ciste et quelques hiératiques gabians à l'immobilité calcaire, nous accostâmes tous les cinq dans la petite crique que je leur avais montrée sur la carte.

Les derniers rayons ensanglantaient le Bec de l'Aigle au-dessus des grues géantes et mortes des chantiers de La Ciotat.

Nous gravîmes la pente à travers les broussailles jusqu'à la route.

— Idéal ! dit Charlie. Avec tous ces virages ils n'arriveront pas vite. José, s'il y a plusieurs bagnoles tu exploses la première à la roquette et on arrose les autres à la kalach, tu te sens de le faire ?

— J'ai tiré mon premier sanglier à l'âge de dix ans et tu voudrais que je rate une voiture ? Charlie, dois-je considérer cela comme une insulte ?

— Parfait ! Redescendons, Wolfo n'est pas fada, il sait que le tendon d'Achille est ici, il fera faire des rondes.

La nuit tomba très vite. Sur les galets de la crique, à la lueur de la lune, nous vérifiâmes chaque arme, quatre kalachnikovs, le lance-roquettes, une douzaine de grenades et autant de chargeurs. Chacun de nous enfila un gilet pare-balles, des gants et une cagoule.

Vers neuf heures du soir, Tony l'élégant appela.

— Ils sont tous arrivés, nous répéta Sauveur, la réunion a commencé. Trois véhicules devant la villa, un Mercedes ML 400 gris et deux Audi noires, une A3 et une A6.

— Nous ne monterons sur la route que lorsque ça commencera à bouger, en attendant évitez de fumer, dit Charlie.

Les Corses sortirent des casse-croûte de leurs vestes de chasse et partagèrent.

— C'est la charcuterie du village, dit Francis, vous ne trouverez ça nulle part sur le continent.

Ces deux frères n'avaient pas l'air d'organiser un guet-apens contre la plus redoutable bande d'assassins, ils se concentraient sur la finesse de la coppa et du lonzo. Pas très grands, des épaules et des gestes de bûcherons ; une sérénité de chat assis sur un toit.

Un peu avant minuit l'élégant rappela.

— Ça commence à s'agiter là-bas, ils ne vont pas tarder à partir, nous dit Sauveur, il faut y aller.

— Deux de chaque côté de la route. José, tu ouvres le bal, ajouta Charlie.

— Et moi ? demandai-je.

— Tu restes ici, dès que tu entends les premiers coups de feu tu fais tourner le moulin, on n'aura pas une seconde à perdre.

Ils disparurent tous les quatre dans les broussailles. Je tirai le zodiac dans l'eau et attendis. Je n'entendais que le froissement des vaguelettes sur les galets. Sur ces mêmes galets Julie avait trébuché tout un été, à l'âge de un an, pour aller toutes les cinq minutes s'accroupir puis frapper l'eau de ses mains. Même là, sous la nuit, je revoyais son petit corps bronzé, tout nu, et sa démarche instable, comique, si gracieuse, bras en avant, un foulard rouge noué sur sa tête que je mouillais souvent.

Quels étés merveilleux. Ma fille dans mes bras ou accrochée sur mon dos alors que je nageais vers les premiers rochers. Ses éclats de rire et sa peur quand je faisais semblant de me noyer. Images de bonheur. Étés radieux.

J'avais basculé dans un autre monde. J'appartenais désormais à un peuple lié aux ténèbres. Des hommes autour de moi allaient donner ou recevoir la mort. Leurs gestes, leurs codes, la fumée dont ils s'entouraient, chacun de leurs mots sortait des ténèbres. Qu'était devenue cette belle lumière sur le petit corps potelé de Julie ?

Un bruit de moteur soudain balaya tous mes songes. Ils arrivaient. Dans le silence angoissé de cette attente ce bruit enfla démesurément.

Je crus qu'ils approchaient sur des chars d'assaut.

Une boule de feu éclata derrière la résille noire des arbres. Un immense vitrail d'or se dressa. Le bruit de l'explosion déchira la forêt, tout de suite suivi par les rafales nerveuses des kalachnikovs.

Je faillis tomber à l'eau en mettant le moteur en marche tant chaque rocher répercutait la violence des déflagrations. Il y eut des cris, des appels, une dernière explosion et enfin le silence.

Des branches craquèrent un peu plus haut, quelqu'un siffla, une cavalcade se rapprocha. Je sortis mes deux armes. Trois silhouettes noires débouchèrent dans la crique.

— C'est nous !

Je reconnus la voix de Sauveur. Il trébuchait sous un énorme fardeau qu'il laissa tomber dans le zodiac.

— Démarre ! me cria-t-il. C'est Charlie, je crois qu'il a son compte.

Je mis les gaz. Quand nous fûmes un peu loin de la côte, Sauveur me demanda de ralentir.

— Il est mort, dit-il.

— Il faut le faire disparaître ici, dit José, sa mort doit rester secrète, ça retomberait sur sa famille, ses proches. Attachons-le avec l'ancre, on est sûr qu'il coulera. Il doit bien y avoir des trous de deux ou trois cents mètres là-dessous.

Les deux Corses saucissonnèrent Charlie avec la chaîne de mouillage et coincèrent l'ancre sur son ventre.

Avant de le faire basculer par-dessus bord, Sauveur le serra dans ses bras.

— Adieu, mon poteau, murmura-t-il. Je t'aime plus qu'un frère.

Il le laissa glisser dans l'eau.

L'homme qui avait surgi dans ma vie quelques mois plus tôt, sa chemise trempée de sang, disparut tout aussi brutalement dans un linceul d'écume.

Cinq minutes plus tard nous sautions sur le quai du petit port de La Madrague. Le même homme nous attendait. Il se chargea du zodiac et des armes.

Quand nous eûmes parcouru quelques kilomètres à vive allure avec le BM noir, je demandai à Sauveur comment il était mort.

— Il n'y avait que deux bagnoles. La roquette de José a pulvérisé la première. On a mitraillé la seconde. Charlie s'est approché avec sa torche pour voir s'ils étaient tous morts ou pour chercher Wolfo. Il s'en est pris une dans la tête. L'un d'eux était couché entre les sièges, miraculeusement épargné. Francis lui a fait manger une grenade et on a décroché.

— Et Wolfo ?

— C'était un tel hachis là-dedans, demain on achètera le journal.

Avant que les premiers barrages ne soient dressés, nous étions à Marseille. Sauveur déposa les deux Corses à Castellane et me raccompagna au pigeonnier.

– Reste tout de même prudent, me dit-il. Je passerai te voir. Si Wolfo s'en est tiré, il mettra du temps à s'en remettre. C'est un homme traqué. Je vais aller boire quelques verres à la mémoire de mon ami. C'était quelqu'un, Charlie…

Le lendemain matin, j'allai boire un café au Bar Terminus. *La Provence* avait eu le temps de changer sa une à la dernière minute : « Règlement de comptes sans précédent. Huit cadavres déchiquetés... » Je lus en diagonale à la recherche d'un seul mot, Wolfo. Il n'y était pas.

Le SRPJ de Marseille restait pour l'instant sans voix devant l'ampleur de la tuerie. La plupart des corps n'étaient pas encore identifiés, les victimes appartiendraient toutes au grand banditisme. Jamais la guerre des gangs n'avait été aussi meurtrière dans le Sud-Est... Des mots suivaient, commando de professionnels, redoutable guet-apens... Il faudrait attendre le lendemain ou les jours suivants pour plus de détails.

Nous avions frappé un grand coup, je pouvais commencer à respirer.

Je pris le bus et me rendis à la poste du premier arrondissement. Nouvelle déception. Toujours rien au nom de Benjamin Plume. Dans sa grande panique et la précipitation du départ, Anne avait-elle oublié ce nom ? M'avait-elle adressé chez moi une information codée, malgré tous mes conseils de prudence ?

C'était le moment ou jamais d'y faire enfin un saut, chez moi, les hommes du Sanguinaire avaient d'autres chats à fouetter.

La petite porte de ma boîte aux lettres avait été arrachée. Celle-ci était vide. Un voisin s'occupait-il de mon courrier ?

La cage d'escalier était silencieuse. En trois bonds, j'escaladai les marches jusqu'au quatrième étage. Ma porte n'était pas fermée à clé. J'entrai sur la pointe des pieds, comme un voleur.

J'étais persuadé de retrouver l'appartement dévasté que j'avais fui à la fin de l'été. Je fus surpris. Quelqu'un avait fait le ménage, les objets avaient à peu près retrouvé leur place, le linge était rangé dans les armoires, le sol nettoyé. Qui ? Celui ou celle qui s'occupait du courrier ? Je trouvai ce geste très affectueux, presque tendre. Seule une femme était capable d'une telle délicatesse. Quelque chose de maternel flottait autour de moi. Oui, vivante ma mère aurait passé des jours ici à ranger avec amour la maison de son enfant.

Sur la terrasse de derrière rien n'avait bougé ; débris de terre cuite, feuilles et terreau jonchaient le sol, tous les géraniums étaient morts, de soif sans doute. Le laurier-rose que j'avais dépoté à la recherche de la cassette traînait par terre, desséché. Je fus étonné de voir que les deux autres étaient encore très verts.

J'allais faire demi-tour vers la cuisine lorsque je me ravisai. Quelque chose me troublait... J'avais toujours été persuadé d'avoir enterré la petite cassette dans le premier pot de laurier-rose. Le plus proche de moi lorsque Charlie avait basculé de l'autre côté du mur. Et si... Je m'approchai de celui que je considérais comme le troisième. Était-il possible que je me sois trompé d'ordre, de sens ?

Je n'eus pas à gratter la terre profondément. Tout de suite mes doigts touchèrent quelque chose de dur. Elle était là. Cette minuscule cassette qui avait fait couler tant de sang et foudroyé ma vie était là, dans le creux de ma main, bien emballée dans du plastique et sans doute intacte. Quatre mois que ces quelques grammes déchaînaient la tempête.

Abasourdi, je la glissai dans ma poche et filai.

Plus que jamais comme un voleur, je refermai la porte de mon appartement et descendis l'escalier.

Toutes mes pensées convergeaient vers ces images que j'allais enfin découvrir quelques instants plus tard, lorsque sur le palier du deuxième étage je croisai un homme.

Un étrange malaise s'empara brutalement de tout mon être. Je venais de croiser le fantôme de l'homme que j'avais tué l'autre nuit derrière le bastidon. La même bouche informe et cruelle. Un mort vivant…

Je me retournai. L'homme s'était arrêté de monter. Je surpris un regard inquiet de vautour. Ses yeux gris brillaient d'un éclat sauvage, dans un visage minéral. Sans l'avoir jamais vu je reconnus ce visage stupéfiant : Wolfo.

Mon cœur cessa de battre. Lui ne me connaissait pas. Il m'observait. Il me transperçait. Tourner le dos à cette bête féroce était suicidaire.

Je n'avais pas le temps de réfléchir, il m'avait vu hésiter. J'écartai le pan de ma veste et saisis le SIG. La haine déforma ses traits.

Il plongea devant lui en tournant sur lui-même. Comme par magie, un revolver sauta dans sa main. Les deux armes tonnèrent en même temps.

Une lame brûlante traversa mon ventre. Malgré l'atroce douleur, je fis feu plusieurs fois au-dessus de ma tête, en dévalant les marches. Lui aussi devait tirer entre les barreaux de la rampe. Ma panique et le fracas étaient tels que je ne voyais plus rien.

Au déclic que fit le percuteur de mon arme, je compris que j'avais vidé le chargeur. Wolfo se pencha par-dessus la rampe et m'ajusta. Je bondis de côté et me ruai sur la porte d'entrée. La place aux Huiles était presque déserte. Je m'élançai.

Je savais que j'étais blessé. Pourtant je pouvais courir. La surprise et la terreur étaient plus fortes que la douleur. Je courus dans des rues étroites, escaladai une ruelle en escalier, débouchai dans des avenues plus fréquentées que je ne reconnaissais pas. Je faillis passer sous un camion. Le chauffeur pila et écrasa son klaxon.

Wolfo était sans doute sur mes traces. Tant que je pouvais courir…

Juste après le coin d'une rue j'aperçus un portail grand ouvert, quelques marches. Je m'y engouffrai.

J'étais dans la cour d'une école, sous des platanes nus. Je vis un peu plus loin une rangée de portes. J'ouvris la première, c'étaient les cabinets. Je m'enfermai.

La poitrine en feu, je m'écroulai sur la cuvette.

Je tendis l'oreille. Wolfo m'avait-il vu entrer dans cette cour d'école ? Tout était silencieux, je n'entendais même plus le bourdonnement de la circulation.

Pourquoi ce fauve était-il venu chez moi ce matin ? Pensait-il vraiment que je puisse être derrière tous les coups qu'il avait reçus depuis l'été ? Voulait-il venger son frère et le massacre de la nuit ? Peu importe. J'avais vu la folie se tordre dans ses yeux. Aujourd'hui Sauveur ne viendrait pas à mon secours, le portable était resté sur la table du pigeonnier.

Une sonnerie retentit quelque part dans l'école. Des nuées d'enfants envahirent la cour. La récréation de dix heures.

On essaya vingt fois d'ouvrir ma porte, toutes les autres claquaient. Une fente dans le bois laissait passer un fil de lumière. J'approchai mon œil.

Des garçons jouaient avec un ballon en mousse, des filles sautaient à l'élastique, d'autres se poursuivaient en hurlant. Deux maîtresses et un maître marchaient tranquillement dans les feuilles mortes, col relevé, mains dans les poches. Le mistral s'était levé.

Mon ventre commençait à me faire très mal, surtout à gauche où j'avais reçu la balle. Je n'osais pas soulever mon pull et regarder la blessure.

La sonnerie résonna et lentement les cris et les cavalcades décrurent. La voix du maître s'éleva et ce fut à nouveau le silence.

Je me souvins des mardis et vendredis de mon enfance, jours de lecture à haute voix. Lorsque mon tour de lire venait, je perdais mes moyens, les lettres dansaient devant mes yeux, je bafouillais. Toute la classe éclatait de rire et le maître attrapait mon oreille et me jetait dans le couloir. Afin que le directeur ne m'y trouve pas, j'allais me réfugier dans les cabinets.

Combien de mardis et vendredis avais-je passés dans les cabinets, à attendre la sonnerie ? Je venais de retrouver après plus de trente ans l'odeur forte, un peu piquante, de l'urine des enfants. Tant de choses avaient changé depuis mon enfance, cette odeur d'urine et de Javel était intacte.

Où était Julie en ce froid et clair mois de décembre ? Sur quelle route ? Dans quel pays ? Elle fuyait et moi j'étais dans une école primaire, assis sur la cuvette des cabinets…

Les unes après les autres les heures sonnèrent au clocher d'une église.

Les enfants hurlèrent pendant la cantine. Je dus m'assoupir un moment.

Quand je rouvris les yeux la cour était redevenue silencieuse. Le fil d'or avait disparu entre les planches, le ciel restait très lumineux au-dessus de la porte. J'avais froid. Mon ventre était de plus en plus douloureux.

Sans doute à cause de la douleur, quelques vers de Victor Hugo me revinrent en mémoire, que je ne savais pas avoir retenus.

Il neigeait. Les blessés s'abritaient dans le ventre
Des chevaux morts ; au seuil des bivouacs désolés
On voyait des clairons à leur poste gelés,
Restés debout, en selle et muets, blancs de givre,
Collant leur bouche en pierre aux trompettes de cuivre.

Mon père aussi récitait ce poème avec émotion, le soir dans la cuisine, il avait dû l'apprendre sur les bancs de l'école.

Je me souvins alors de la cassette. Je la sortis de ma poche, défis l'emballage. Ce n'était qu'un petit rectangle de plastique sombre. Ce qu'elle pouvait contenir ne m'intéressait plus. Je fis un effort pour me redresser, la jetai dans la cuvette et tirai la chasse. Maudit le jour où je l'avais cachée.

D'autres heures sonnèrent. Quelle était cette église ? Au-dessus de la porte le ciel n'avait jamais été si bleu. Le mistral fabriquait des mouettes avec les sacs en plastique des grandes surfaces ou la page arrachée d'un journal… Dans quelques jours ce qui s'était passé se tordrait là-haut dans la lumière et disparaîtrait dans l'immensité de la mer.

Il me sembla que la douleur était moins intense, plus lointaine. Presque douce. J'avais envie de dormir. N'étais-je pas un peu fatigué de ce monde cruel et sans mémoire ?

M'endormir avec Julie, comme chaque soir sous les tuiles, son souffle d'enfant sur ma peau, sa petite voix qui glisse sur l'eau calme des rêves.

DU MÊME AUTEUR

Aux Éditions Denoël

LES CHEMINS NOIRS, prix Populiste 1989, Folio n° 2361.

TENDRESSE DES LOUPS, Folio n° 3109.

LES NUITS D'ALICE, prix spécial du jury du Levant 1992, Folio n° 2624.

LE VOLEUR D'INNOCENCE, Folio n° 2828.

OÙ SE PERDENT LES HOMMES, Folio n° 3354.

ELLE DANSE DANS LE NOIR, prix Paul-Léautaud 1998, Folio n° 3576.

ON NE S'ENDORT JAMAIS SEUL, prix Antigone 2001, Folio n° 3652.

L'ÉTÉ, 2002.

LETTRE À MES TUEURS, 2004, Folio Policier n° 428.

COLLECTION FOLIO POLICIER

Dernières parutions

12.	Tonino Benacquista	*La commedia des ratés*
13.	Raymond Chandler	*Le grand sommeil*
14.	Jerome Charyn	*Marilyn la Dingue*
15.	Didier Daeninckx	*Meurtres pour mémoire*
16.	David Goodis	*La pêche aux avaros*
17.	Dashiell Hammett	*La clé de verre*
18.	Tony Hillerman	*Le peuple de l'ombre*
19.	Chester Himes	*Imbroglio negro*
20.	Sébastien Japrisot	*L'été meurtrier*
21.	Sébastien Japrisot	*Le passager de la pluie*
22.	Pierre Magnan	*Le commissaire dans la truffière*
23.	Jean-Patrick Manchette	*Le petit bleu de la côte Ouest*
24.	Horace McCoy	*Un linceul n'a pas de poches*
25.	Jean-Bernard Pouy	*L'homme à l'oreille croquée*
26.	Jim Thompson	*1275 âmes*
27.	Don Tracy	*La bête qui sommeille*
28.	Jean Vautrin	*Billy-ze-Kick*
29.	Donald E. Westlake	*L'assassin de papa*
30.	Charles Williams	*Vivement dimanche !*
31.	Stephen Dobyns	*Un chien dans la soupe*
32.	Donald Goines	*Ne mourez jamais seul*
33.	Frédéric H. Fajardie	*Sous le regard des élégantes*
34.	Didier Daeninckx	*Mort au premier tour*
35.	Raymond Chandler	*Fais pas ta rosière !*
36.	Harry Crews	*Body*
37.	David Goodis	*Sans espoir de retour*
38.	Dashiell Hammett	*La moisson rouge*
39.	Chester Himes	*Ne nous énervons pas !*
40.	William Irish	*L'heure blafarde*
41.	Boileau-Narcejac	*Maléfices*
42.	Didier Daeninckx	*Le bourreau et son double*
43.	Sébastien Japrisot	*La dame dans l'auto avec des lunettes et un fusil*

44. Jean-Patrick Manchette — *Fatale*
45. Georges Simenon — *Le locataire*
46. Georges Simenon — *Les demoiselles de Concarneau*
47. Jean Amila — *Noces de soufre*
48. Walter Kempley — *L'ordinateur des pompes funèbres*
49. Tonino Benacquista — *Trois carrés rouges sur fond noir*
50. Dashiell Hammett — *Le faucon de Malte*
51. Hervé Jaouen — *Connemara Queen*
52. Thierry Jonquet — *Mygale*
53. Auguste Le Breton — *Du rififi chez les hommes*
54. Georges Simenon — *Le suspect*
55. Emmanuel Errer — *Descente en torche*
56. Francisco González Ledesma — *La dame de Cachemire*
57. Raymond Chandler — *Charades pour écroulés*
58. Robin Cook — *Le soleil qui s'éteint*
59. Didier Daeninckx — *Le der des ders*
60. Didier Daeninckx — *La mort n'oublie personne*
61. Georges Simenon — *L'assassin*
62. Howard Fast (E.V. Cunningham) — *Tu peux crever !*
63. Maurice G. Dantec — *Les racines du mal*
64. René Barjavel — *La peau de César*
65. Didier Daeninckx — *Lumière noire*
66. Chester Himes — *La reine des pommes*
67. Sébastien Japrisot — *Compartiment tueurs*
68. James Crumley — *La danse de l'ours*
69. Marc Villard — *La porte de derrière*
70. Boileau-Narcejac — *Sueurs froides*
71. Didier Daeninckx — *Le géant inachevé*
72. Chester Himes — *Tout pour plaire*
73. Sébastien Japrisot — *Piège pour Cendrillon*
74. Pierre Magnan — *Les charbonniers de la mort*
75. Jean-Patrick Manchette — *L'affaire N'Gustro*
76. Jean-Bernard Pouy — *La Belle de Fontenay*
77. A.C. Weisbecker — *Cosmix Banditos*
78. Raymond Chandler — *La grande fenêtre*
79. Pierre Magnan — *Les courriers de la mort*
80. Harry Crews — *La malédiction du gitan*
81. Michael Guinzburg — *Envoie-moi au ciel, Scotty*
82. Boileau-Narcejac — *Le bonsaï*

83.	W.R. Burnett	*Quand la ville dort*
84.	Didier Daeninckx	*Un château en Bohême*
85.	Didier Daeninckx	*Le facteur fatal*
86.	Didier Daeninckx	*Métropolice*
87.	Pierre Magnan	*La maison assassinée*
88.	Pierre Magnan	*Le mystère de Séraphin Monge*
89.	Jean-Patrick Manchette	*Morgue pleine*
90.	Georges Simenon	*Les inconnus dans la maison*
91.	Stephen Humphrey Bogart	*Le remake*
92.	Mark McShane	*Les écorchés*
93.	Boileau-Narcejac	*Terminus*
94.	Jerome Charyn	*Les filles de Maria*
95.	Robin Cook	*Il est mort les yeux ouverts*
96.	Georges Simenon	*L'homme qui regardait passer les trains*
97.	Georges Simenon	*Touriste de bananes*
98.	Georges Simenon	*La vérité sur Bébé Donge*
99.	Georges Simenon	*Le cercle des Mahé*
100.	Georges Simenon	*Ceux de la soif*
101.	Georges Simenon	*Coup de vague*
102.	Boileau-Narcejac	*Carte vermeil*
103.	Boileau-Narcejac	*Celle qui n'était plus*
104.	Boileau-Narcejac	*J'ai été un fantôme*
105.	Chester Himes	*L'aveugle au pistolet*
106.	Thierry Jonquet	*La Bête et la Belle*
107.	Pierre Magnan	*Le secret des Andrônes*
108.	Pierre Magnan	*La folie Forcalquier*
109.	Pierre Magnan	*Le sang des Atrides*
110.	Georges Simenon	*Le bourgmestre de Furnes*
111.	Georges Simenon	*Le voyageur de la Toussaint*
112.	Jean-Patrick Manchette	*Nada*
113.	James Ross	*Une poire pour la soif*
114.	Joseph Bialot	*Le salon du prêt-à-saigner*
115.	William Irish	*J'ai épousé une ombre*
117.	Horace McCoy	*On achève bien les chevaux*
119.	Thierry Jonquet	*Mémoire en cage*
120.	John Sandford	*Froid aux yeux*
121.	Jean-Patrick Manchette	*Que d'os !*
122.	James M. Cain	*Le facteur sonne toujours deux fois*
123.	Raymond Chandler	*Adieu, ma jolie*

124. Pascale Fonteneau *La puissance du désordre*
125. Sylvie Granotier *Courier posthume*
126. Yasmina Khadra *Morituri*
127. Jean-Bernard Pouy *Spinoza encule Hegel*
128. Patrick Raynal *Nice 42e rue*
129. Jean-Jacques Reboux *Le massacre des innocents*
130. Robin Cook *Les mois d'avril sont meurtriers*
131. Didier Daeninckx *Play-back*
133. Pierre Magnan *Les secrets de Laviolette*
134. Georges Simenon *La Marie du port*
135. Bernhard Schlink/Walter Popp *Brouillard sur Mannheim*
136. Donald Westlake *Château en Esbroufe*
137. Hervé Jaouen *Hôpital souterrain*
138. Raymond Chandler *La dame du lac*
139. David Goodis *L'allumette facile*
140. Georges Simenon *Le testament Donadieu*
141. Charles Williams *La mare aux diams*
142. Boileau-Narcejac *La main passe*
143. Robert Littell *Ombres rouges*
144. Ray Ring *Arizona Kiss*
145. Gérard Delteil *Balles de charité*
146. Robert L. Pike *Tout le monde au bain*
147. Rolo Diez *L'effet tequila*
148. Yasmina Khadra *Double blanc*
149. Jean-Bernard Pouy *À sec*
150. Jean-Jacques Reboux *Poste mortem*
151. Pascale Fonteneau *Confidences sur l'escalier*
152. Patrick Raynal *La clef de Seize*
153. A.D.G. *Pour venger pépère*
154. James Crumley *Les serpents de la frontière*
155. Ian Rankin *Le carnet noir*
156. Louis C. Thomas *Une femme de trop*
157. Robert Littell *Les enfants d'Abraham*
158. Georges Simenon *Faubourg*
159. Georges Simenon *Les trois crimes de mes amis*
160. Georges Simenon *Le rapport du gendarme*
161. Stéphanie Benson *Une chauve-souris dans le grenier*
162. Pierre Siniac *Reflets changeants sur mare de sang*
163. Nick Tosches *La religion des ratés*

164. Frédéric H. Fajardie — *Après la pluie*
165. Matti Yrjänä Joensuu — *Harjunpää et le fils du policier*
166. Yasmina Khadra — *L'automne des chimères*
167. Georges Simenon — *La Marie du Port*
168. Jean-Jacques Reboux — *Fondu au noir*
169. Dashiell Hammett — *Le sac de Couffignal*
170. Sébastien Japrisot — *Adieu l'ami*
171. A.D.G. — *Notre frère qui êtes odieux...*
172. William Hjortsberg — *Nevermore*
173. Gérard Delteil — *Riot gun*
174. Craig Holden — *Route pour l'enfer*
175. Nick Tosches — *Trinités*
176. Fédéric H. Fajardie — *Clause de style*
177. Alain Page — *Tchao pantin*
178. Harry Crews — *La foire aux serpents*
179. Stéphanie Benson — *Un singe sur le dos*
180. Lawrence Block — *Un danse aux abattoirs*
181. Georges Simenon — *Les sœurs Lacroix*
182. Georges Simenon — *Le Cheval Blanc*
183. Albert Simonin — *Touchez pas au grisbi !*
184. Jean-Bernard Pouy — *Suzanne et les ringards*
185. Pierre Siniac — *Les monte-en-l'air sont là !*
186. Robert Stone — *Les guerriers de l'enfer*
187. Sylvie Granotier — *Sueurs chaudes*
188. Boileau-Narcejac — *... Et mon tout est un homme*
189. A.D.G. — *On n'est pas des chiens*
190. Jean Amila — *Le Boucher des hurlus*
191. Robert Sims Reid — *Cupide*
192. Max Allan Collins — *La mort est sans remède*
193. Jean-Bernard Pouy — *Larchmütz 5632*
194. Jean-Claude Izzo — *Total Khéops*
195. Jean-Claude Izzo — *Chourmo*
196. Jean-Claude Izzo — *Solea*
197. Tom Topor — *L'orchestre des ombres*
198. Pierre Magnan — *Le tombeau d'Hélios*
199. Thierry Jonquet — *Le secret du rabbin*
200. Robert Littell — *Le fil rouge*
201. Georges Simenon — *L'aîné des Ferchaux*
202. Patrick Raynal — *Le marionnettiste*
203. Didier Daeninckx — *La repentie*
205. Charles Williams — *Le pigeon*

206. Francisco González Ledesma	*Les rues de Barcelone*
207. Boileau-Narcejac	*Les louves*
208. Charles Williams	*Aux urnes, les ploucs !*
209. Larry Brown	*Joe*
210. Pierre Pelot	*L'été en pente douce*
211. Georges Simenon	*Il pleut bergère...*
212. Thierry Jonquet	*Moloch*
213. Georges Simenon	*La mauvaise étoile*
214. Philip Lee Williams	*Coup de chaud*
215. Don Winslow	*Cirque à Piccadilly*
216. Boileau-Narcejac	*Manigances*
217. Oppel	*Piraña matador*
218. Yvonne Besson	*Meurtres à l'antique*
219. Michael Dibdin	*Derniers feux*
220. Norman Spinrad	*En direct*
221. Charles Williams	*Avec un élastique*
222. James Crumley	*Le canard siffleur mexicain*
223. Henry Farrell	*Une belle fille comme moi*
224. David Goodis	*Tirez sur le pianiste !*
225. William Irish	*La sirène du Mississippi*
226. William Irish	*La mariée était en noir*
227. José Giovanni	*Le trou*
228. Jérome Charyn	*Kermesse à Manhattan*
229. A.D.G.	*Les trois Badours*
230. Paul Clément	*Je tue à la campagne*
231. Pierre Magnan	*Le parme convient à Laviolette*
232. Max Allan Collins	*La course au sac*
233. Jerry Oster	*Affaires privées*
234. Jean-Bernard Pouy	*Nous avons brûlé une sainte*
235. Georges Simenon	*La veuve Couderc*
236. Peter Loughran	*Londres Express*
237. Ian Fleming	*Les diamants sont éternels*
238. Ian Fleming	*Moonraker*
239. Wilfrid Simon	*La passagère clandestine*
240. Edmond Naughton	*Oh ! collègue*
241. Chris Offutt	*Kentucky Straight*
242. Ed McBain	*Coup de chaleur*
243. Raymond Chandler	*Le jade du mandarin*
244. David Goodis	*Les pieds dans les nuages*
245. Chester Himes	*Couché dans le pain*

246. Elisabeth Stromme	*Gangraine*
247. Georges Simenon	*Chemin sans issue*
248. Paul Borelli	*L'ombre du chat*
249. Larry Brown	*Sale boulot*
250. Michel Crespy	*Chasseurs de tête*
251. Dashiell Hammett	*Papier tue-mouches*
252. Max Allan Collins	*Mirage de sang*
253. Thierry Chevillard	*The Bad leitmotiv*
254. Stéphanie Benson	*Le loup dans la lune bleue*
255. Jérome Charyn	*Zyeux-Bleus*
256. Jim Thompson	*Le lien conjugal*
257. Jean-Patrick Manchette	*Ô dingos, ô châteaux !*
258. Jim Thompson	*Le démon dans ma peau*
259. Robert Sabbag	*Cocaïne blues*
260. Ian Rankin	*Causes mortelles*
261. Ed McBain	*Nid de poulets*
262. Chantal Pelletier	*Le chant du bouc*
263. Gérard Delteil	*La confiance règne*
264. François Barcelo	*Cadavres*
265. David Goodis	*Cauchemar*
266. John D. MacDonald	*Strip-tilt*
267. Patrick Raynal	*Fenêtre sur femmes*
268. Jim Thompson	*Des cliques et des cloaques*
269. Lawrence Block	*Huit millions de façons de mourir*
270. Joseph Bialot	*Babel-Ville*
271. Charles Williams	*Celle qu'on montre du doigt*
272. Charles Williams	*Mieux vaut courir*
273. Ed McBain	*Branle-bas au 87*
274. Don Tracy	*Neiges d'antan*
275. Michel Embareck	*Dans la seringue*
276. Ian Rankin	*Ainsi saigne-t-il*
277. Bill Pronzini	*Le crime de John Faith*
278. Marc Behm	*La Vierge de Glace*
279. James Eastwood	*La femme à abattre*
280. Georg Klein	*Libidissi*
281. William Irish	*J'ai vu rouge*
282. David Goodis	*Vendredi 13*
283. Chester Himes	*Il pleut des coups durs*
284. Guillaume Nicloux	*Zoocity*
285. Lakhdar Belaïd	*Sérail killers*
286. Caryl Férey	*Haka*

287. Thierry Jonquet *Le manoir des immortelles*
288. Georges Simenon *Oncle Charles s'est enfermé*
289. Georges Simenon *45° à l'ombre*
290. James M. Cain *Assurance sur la mort*
291. Nicholas Blincoe *Acid Queen*
292. Robin Cook *Comment vivent les morts*
293. Ian Rankin *L'ombre du tueur*
294. François Joly *Be-bop à Lola*
295. Patrick Raynal *Arrêt d'urgence*
296. Craig Smith *Dame qui pique*
297. Bernhard Schlink *Un hiver à Mannheim*
298. Francisco González Ledesma *Le dossier Barcelone*
299. Didier Daeninckx *12, rue Meckert*
300. Dashiell Hammett *Le grand braquage*
301. Dan Simmons *Vengeance*
302. Michel Steiner *Mainmorte*
303. Charles Williams *Une femme là-dessous*
304. Marvin Albert *Un démon au paradis*
305. Frederic Brown *La belle et la bête*
306. Charles Williams *Calme blanc*
307. Thierry Crifo *La ballade de Kouski*
308. José Giovanni *Le deuxième souffle*
309. Jean Amila *La lune d'Omaha*
310. Kem Nunn *Surf City*
311. Matti Yrjänä Joensuu *Harjunpäa et l'homme oiseau*
312. Charles Williams *Fantasia chez les ploucs*
313. Larry Beinhart *Reality show*
315. Michel Steiner *Petites morts dans un hôpital psychiatrique de campagne*
316. P.J. Wolfson *À nos amours*
317. Charles Williams *L'ange du foyer*
318. Pierre Rey *L'ombre du paradis*
320. Carlene Thompson *Ne ferme pas les yeux*
321. Georges Simenon *Les suicidés*
322. Alexandre Dumal *En deux temps, trois mouvements*
323. Henry Porter *Une vie d'espion*
324. Dan Simmons *L'épée de Darwin*
325. Colin Thibert *Noël au balcon*
326. Russel Greenan *La reine d'Amérique*
327. Chuck Palahniuk *Survivant*

328. Jean-Bernard Pouy	*Les roubignoles du destin*
329. Otto Friedrich	*Le concasseur*
330. François Muratet	*Le pied-rouge*
331. Ridley Pearson	*Meurtres à grande vitesse*
332. Gunnar Staalesen	*Le loup dans la bergerie*
333. James Crumley	*La contrée finale*
334. Matti Yrjänä Joensuu	*Harjunpää et les lois de l'amour*
335. Sophie Loubiere	*Dernier parking avant la plage*
336. Alessandro Perissinotto	*La chanson de Colombano*
337. Christian Roux	*Braquages*
338. Gunnar Staalesen	*Pour le meilleur et pour le pire*
339. Georges Simenon	*Le fils Cardinaud*
340. Tonino Benacquista	*Quatre romans noirs*
341. Richard Matheson	*Les seins de glace*
342. Daniel Berkowicz	*La dernière peut-être*
343. Georges Simenon	*Le blanc à lunettes*
344. Graham Hurley	*Disparu en mer*
345. Bernard Mathieu	*Zé*
346. Ian Rankin	*Le jardin des pendus*
347. John Farris	*Furie*
348. Carlene Thompson	*Depuis que tu es partie*
349. Luna Satie	*À la recherche de Rita Kemper*
350. Kem Nunn	*La reine de Pomona*
351. Chester Himes	*Dare-dare*
352. Joe R. Lansdale	*L'arbre à bouteilles*
353. Beppe Ferrandino	*Le respect*
354. Davis Grubb	*La nuit du chasseur*
355. Georges Simenon	*Les Pitard*
356. Donald Goines	*L'accro*
357. Colin Bateman	*La bicyclette de la violence*
358. Staffan Westerlund	*L'institut de recherches*
359. Matilde Asensi	*Iacobus*
360. Henry Porter	*Nom de code : Axiom Day*
361. Colin Thibert	*Royal cambouis*
362. Gunnar Staalesen	*La belle dormit cent ans*
363. Don Winslow	*À contre-courant du grand toboggan*
364. Joe R. Lansdale	*Bad Chili*
365. Christopher Moore	*Un blues de coyote*

Composition Nord Compo
Impression Novoprint
le 5 juin 2006
Dépôt légal : juin 2006

ISBN 2-07-030553-8/Imprimé en Espagne

132668